異鄉人

卡繆

好讀出版

L'Étranger
Albert Camus

吳欣怡 譯

文本導讀（※本文提及書中諸多重要情節，建議讀者先讀畢小說，再細細品味此賞析。）

人的靈魂，真能被洞悉和馴服？

文／翁振盛
中央大學法文系助理教授
法國尼斯大學法國文學博士

一九〇九年，卡繆的父親路西安・卡繆（Lucien Camus）和母親凱撒琳・桑德斯（Catherine Sintès）結婚。他的父親為法國人，母親為西班牙人。卡繆於一九一三年十一月七日誕生於阿爾及利亞的蒙多維（Mondovi）。一九一四年，卡繆一歲時，父親在法國戰死。卡繆的母親在丈夫死後，和兩個兒子住在阿爾及爾西邊的平民區貝勒古（Belcourt）；這個區的主要居民為歐洲移民，後來才逐漸有阿拉伯人遷入。

卡繆從小生活在貧困當中，貧困卻不匱乏。除了親人的呵護，身處地中海濱，他可以盡情沉浸在大海和陽光之中。阿爾及爾四處都看得到海，海的這一邊爲阿爾及利亞，海的另一邊是法國。陽光終年灑落在海上、大街上、房子上，在每一個角落。

卡繆的《異鄉人》（L'Etranger）所設定的故事背景正是阿爾及爾及其近郊一帶。在這部小說中，海和陽光顯然不只是故事的背景或框架而已；小說從頭到尾，海和陽光無所不在，與故事的走向、發展密不可分，並且主宰著人物的行動。

本書於一九四二年問世①，由法國知名出版社迦里瑪（Gallimard）發行。小說共分爲兩部分。第一部分，小說的主人公「莫梭」（Meursault）②接獲養

---

① 一九四二年，第二次世界大戰正如火如荼地進行中。德軍攻城掠地，長驅直入，在法國扶持了維希政府（Régime de Vichy），許多法國人揭竿起義，反抗德軍。卡繆於一九四二年來到法國治療肺結核，後來也參與抗暴運動，在祕密發行的地下報紙《戰鬥》（Combat）上發表文章。

② Meursault去掉s/a/u/l這四個字母就變成meurt，而meurt為法文「死亡」（mourir）一詞的第三人稱單數現在式變化。此外，saul的發音，近似法文的「柳樹」（saule）和「土地」（sol）；柳樹，亦常用來象徵喪葬和哀悼。

卡繆的第一部小說《快樂的死》（La Mort heureuse）於卡繆過世十一年後，也就是一九七一年才出版。這部小說被視為《異鄉人》的創作雛型，小說主人公叫做梅爾梭（Mersault），Mersault比Meursault少了一個u；開頭三個字母mer的法文意思為「海」，與法文的「母親」（mère）諧音。

老院的電報，搭車前去參加母親的葬禮；葬禮過後返家，剛好遇上週末，他決定去戲水，在海水浴場遇見了以前的同事瑪莉・卡多娜（Marie Cardona），晚上兩人去看電影，發生了親密關係。過了週末，他返回工作崗位；不久，到鄰居雷蒙・桑德斯（Raymond Sintès）③家用餐，無意中捲進了雷蒙和情婦之間的糾紛，最後陰錯陽差地在海灘開槍，射殺了一名阿拉伯人。

小說第二部分，從莫梭被逮捕拘留開始，敘述他在獄中的生活，以及在法庭上審訊和辯護的過程，直到最後他被判處死刑。身陷囹圄的莫梭，只希望自己最後被處決時，眾人能簇擁圍觀，「並以厭惡的謾罵迎接他」——這個故事由死亡開始，以未來的死亡終結。

《異鄉人》，話語透明卻張力十足

小說始於莫梭收到母親死訊的電報。電報，原本就是簡潔而經濟的溝通方式，以有限的文字提供重要的訊息，往往割捨了累贅的字眼和情感的表達。而這部小說也如同電報，用字簡單而精確，鮮少有曖昧不明的地方。然而，此種清澈明朗至接近透明的文字卻蘊藏著巨大的張力，創造出一種中性而客觀的風格。文學評論家羅蘭・巴特（Roland Barthes）便曾在《書寫零度》（Le Degré zéro de l'écriture）一書中指出，卡繆的《異鄉人》開啓了「透明的話語」。

一如絕大部分的自傳，這部小說採第一人稱敘述，這個選擇使讀者可以輕易地認同主角。大多數時候，莫梭並不直接發言，而當他開口說話時往往只有三言兩語。但嚴格說來，他並非眞的沉默寡言，因爲他身兼故事的敘事者，一直在不停記錄或轉述他人的話語，或是呈現自己和他人的談話，而且往往鉅細靡遺。莫梭自己的談話，主要是以濃縮方式呈現內容和要旨；至於其他人物的話語，則以直接論述（discours direct）、間接論述（discours indirect）和敘事化論述（discours narrativisé）交替出現。

莫梭具有敏銳的空間感知。小說中對於空間的營造著墨甚多，語彙十分豐富。空間描繪巧妙融入了故事的推演之中，流暢而自然，卻非漫無節制、流於矯飾浮誇。我們隨著莫梭的目光，看到他所看到的一切景物；也尾隨著他移動的路線而前進，時左時右，時遠時近。

一如空間的描繪，小說中的人物刻畫同樣恰如其分，無論是莫梭母親的密

---

③ 這位虛構的人物，與卡繆母親的姓氏相同。

友湯瑪斯・裴赫（Thomas Pérez）、養老院裡幫他母親守靈的那些老人、鄰居老薩拉馬諾（Salamano），還是配角雷蒙・桑德斯，無不活靈活現，短短幾行或幾個段落便生動勾勒出人物的神韻和個性。

雖是第一人稱敘述，卻近乎全知全能

單就小說敘述來看，莫梭似乎具有強烈的觀看慾望，他不停觀察身邊的人，即便是陌生人也不例外——

小說的第一部分，母親葬禮過後兩天，那個星期日，無所事事的莫梭從房間陽臺觀察路上的行人，從他們的衣著、表情，揣測他們的行徑和行蹤。小說的第二部分，莫梭不只承受眾人的目光，他也迎向其他人的目光，甚至仔細打量身旁所有的人、事、物，毫不退縮。法庭上，所有的陪審員直盯著他看，而他也同時在打量他們，想像他們是坐在電車長條椅上的乘客。

他時時留意著身旁其他人的姿勢、動作、表情、眼神、情緒，以及說話的口吻、語氣，他專注於所有的細節上。律師、檢察官、審判長、法官、陪審員、證人、記者、鄰居、路人，幾乎周遭所有的人無一放過。做爲第一人稱的敘事者，莫梭的視野自然是受限的。然而，弔詭的是，有些時候，他幾乎趨近一個全知全能的敘事者，彷佛一切都逃不出他的法眼。

小說中，透過莫梭的目光，生動呈現出爲數眾多的次要人物，但對主角外形的描繪卻相當簡略，我們甚至連莫梭確切的長相亦不甚清楚。

儘管如此，在小說的第一部分他還是交代了不少自己的生活和習慣——莫梭這個現代英雄，沒有超凡的能力，也從未成就過任何豐功偉業。他不過是一個普通的辦公室職員，獨居，沒什麼錢，連消遣娛樂（戲水、看電影、剪報）都平凡無奇。

善於觀察周遭環境，感知著一切

表面上，莫梭好像對一切都十分漠然，沒有理想，也沒有野心。他活在當下，不計畫未來，對任何事物都沒有賦予太多的重要性，只滿足於生活中小小的愉悅。正如法國記者暨社會運動家勒貝思克（Morvan Lebesque）所言，「『我無所謂』，就是他／莫梭的關鍵語」。工作、婚姻對他而言都不頂重要——他的老闆準備在巴黎設一辦事處，想讓他過去幫忙，但他覺得「去不去都無所謂」，反正「人從來就改變不了生活」；女友問他想不想結婚，他也覺得結不結婚都無所謂。

然而，莫梭並不是眞的對一切都無動於衷。他對周遭環境其實十分敏感，尤其是各類聲響，以及光線、冷熱的變化——

當他再次被帶去見預審法官時，他感覺「辦公室裡光線充足，窗簾使亮度變得柔和。天氣很熱」／法官要他說明開槍的經過，他告訴法官先開了一槍，過了幾秒再補上四槍；法官詢問他，爲何兩次開槍中間有所停頓，莫梭當下「看見了火紅的沙灘，前額感受到太陽的灼熱」。

後來，莫梭被關進單人牢房，「透過牢房的小窗戶可以望見大海」，他便「緊抓欄杆、使勁將臉貼向陽光」／當獄卒通知他，有訪客前來探視，於是他「走過一段長廊，經過樓梯，再通往另一條走廊，才抵達會客室。接著進入一間很寬敞的大廳，大窗戶引進光線，室內十分明亮」。

重罪法庭開庭當天，他被帶到一處陰暗的房間，「坐在門邊等待，門後傳來說話聲、吆喝聲，以及移動椅子的聲音」／隨後，室內「溫度持續升高，法庭裡的人紛紛揮動報紙搧風，弄皺紙張的聲音此起彼落」。

海和陽光，大自然的愉悅與折騰

此外，在這部小說中，大自然的雙重性亦顯而易見。海和陽光，一方面是愉悅的來源，使身體得到舒展；另一方面亦可能帶來苦痛、折磨和威脅，甚而戕害人的身體，左右人的行動。

第一部第六章便充分顯現出其負面的特性——

莫梭偕同友人來到海灘，「路上石頭散發的熱氣逼人窒息」，灼熱的太陽讓他「昏昏欲睡，無法思考」／當他走向海灘，「外頭陽光通紅，熱炸了。快速前進後退的小浪，彷彿大海正急促地呼吸著。慢慢往岩石群走去，太陽曬得我額頭漲痛，熱氣壓著我」／他只得「咬緊牙關，握緊褲袋裡的雙拳，全身緊繃，試圖戰勝驕陽和襲人的濃烈暈眩感」／之後，有個阿拉伯人出現，亮出刀子，「太陽底下，刀刃迸射出的光芒像一道閃耀的長浪，直撲我腦門」／在午後的豔陽下，他握緊手槍，扣下扳機，「明白自己摧毀了白晝的平衡，摧毀了這片曾讓我開心的海灘所獨有的寧靜」。

既抽離又疏離，性格很不一般

儘管莫梭並不覺得自己與眾不同，但他的思想和行爲的確異於常人。重罪法庭開庭前，他非但不感到害怕，反而有些興奮，因爲這輩子從未親眼目睹審判過程——面對這起攸關自己生死的案件，他表現得像個旁觀者，彷彿事不關己。勒貝思克認爲，許多時候，莫梭同時現身卻又缺席，「他的思考、說話和行事，彷彿他並不在場」。當檢察官提到雷蒙事件、並以此指控他時，莫梭甚至覺得「他看事情的方式十分精闢，推論頗爲合情合理」。

莫梭的言談和行爲舉止不僅不按牌理出牌，還悖離了社會成規和道德規範，對現有秩序亦構成潛在的威脅。法庭上，養老院院長、門房和其他人陸續出庭作證，而且證詞明顯不利於他——母親在世的最後幾年，他很少前往探視，他甚至連她的歲數都不記得；母親辭世，他從頭到尾沒掉一滴眼淚，當養老院的門房要打開棺木讓莫梭檢視母親的遺體時，他竟然還加以阻止；守靈時，他還抽菸、喝牛奶咖啡，甚至昏睡不醒；葬禮結束後，他隨即離去，未在墓前稍做停留哀悼；不僅如此，母親葬禮的隔日，他便跑去戲水，觀賞喜劇片，甚至和女朋友發生關係。

除了對母親的死亡，他的態度顯得淡漠，私底下，莫梭的行為亦不甚檢點——他時常往來的朋友雷蒙，不但是皮條客，近來還惹出不少事端。

無論是對於母親的過世，還是槍殺阿拉伯人一事，莫梭都沒有呈現出社會期待的反應。母親逝世，他沒有顯現哀傷之情，證明他冷酷無情，毫無人性；犯下殺人案後，他也沒有透露出絲毫的懊悔……這種種跡象皆變成日後檢察官指控他的證據（本小說第二部分有關法庭的描繪，法官、律師、陪審員和其他相關人士的刻劃，以及法庭攻防論辯之荒謬無稽，很難不讓人聯想到卡夫卡的《審判》）。

最後，莫梭變成眾矢之的，被判處死刑，不全然因為其罪行，也因他那無法為人洞悉和馴服的靈魂。

無論如何，莫梭忠於自己，誠實面對自己的理念、情感和感覺，不輕易妥協，不說謊，不偽裝，甚至不惜為此付出生命。

卡繆諸多作品，自成死生課題對話

《異鄉人》並不是一個孤立的作品，事實上，它和卡繆的許多作品如《薛西弗斯的神話》（Le Mythe de Sisyphe）、《瘟疫》（La Peste），維持著或近或遠的（自我）互文關係。

本小說第二部分的第二章，莫梭在監獄牢房的床墊和床板之間發現了一張泛黃的舊報紙，報上刊載著一則社會新聞，大概是一個捷克斯洛伐克人衣錦還鄉，回到母親和姐姐在家鄉經營的旅館，她們卻都沒認出他來。他決定佯裝成投宿的旅人，並故意亮出大筆錢財，結果當夜就被母親和姐姐殺害；之後他的妻子來到，表明了他的身分，母女倆於是自盡身亡……後來，卡繆將這個故事改寫爲劇本，《誤會》（Le Malentendu）於焉問世，這齣戲於一九四四年首次演出時毀譽參半，但迄今不衰。

卡繆於一九六〇年一月四日車禍身亡。他身上帶著尚未完成和出版的自傳性小說《第一人》（Le Premier Homme）[4]手稿，而這部未竟作品的背景設定於阿爾及利亞。卡繆於一九四〇年代初期離開阿爾及利亞，來到法國，成了不折不扣的「異鄉人」。

藉由《第一人》，卡繆重新回到北非阿爾及利亞這塊既熟悉又陌生的土地。如果說，《異鄉人》中，父親的角色完全缺席，那麼《第一人》裡頭的主人公則追尋著逝去父親的軌跡、生命的根源。

這兩部小說皆聚焦在死生的問題上，思考人的處境，人與環境的關係，人與人之間的聯繫——《第一人》小說中，法國移民和阿拉伯人相互扶持，相濡以沫。這兩部作品，一前一後，相隔近二十年，卻依然遙遙對話，相互呼應，一遍又一遍提出卡繆畢生關注的幾個重大生命課題。

④《第一人》遲至一九九四年才出版，距離卡繆辭世已卅四年之久。

65

他問我，是否對改變生活沒有太大興趣；我回答，人從來就改變不了生活，反正，大家都過得差不多，我也不覺得目前的生活哪裡不好。

第一部

第 1 章

我懂媽媽的心情，這地方一入夜，大概便陷入令人沮喪的靜止。
而今日這鋪天蓋地、逼著景物在熱氣中躍動的豔陽，
則讓鄉間景致更顯折騰人，教人無力。

1

今天，媽媽走了；也可能是昨天，不太確定。養老院送來的電報寫著——「母歿，明日下葬。深表哀悼。」看不出所以然，大概就是昨天吧。

養老院在馬宏果，距離阿爾及爾八十公里遠。我打算搭兩點的公車，下午抵達，如此便趕得及在今晚守靈，明天晚上回到家。我向老闆請了兩天假，這理由令他難以拒絕，但他看來不甚高興，儘管我說「不是我的錯」，他仍不作聲。我想，用不著對他解釋，總之沒什麼好抱歉的，倒是他該表達慰問之意才對。等後天他見到我戴孝，應該就會有所表示了。現在還不覺得媽媽死了，等到葬禮過後，事情完結，一切便塵埃落定了。

我搭上兩點的公車，天氣很熱。一如往常，我先去了瑟雷斯特餐館吃飯，大家都為我難過，瑟雷斯特說：「媽媽只有一個。」離開時，大夥兒還送我到門口。我有點累，因爲還得先去樓上的艾曼努家借黑色領帶及臂紗——數個月前，他叔叔剛過世。

爲了不錯過發車時間，我一路都用跑的。大概是如此匆忙地奔跑，再加上路程顛簸、汽油味、地面發散的熱氣，以及刺眼的陽光，害我昏昏沉沉，幾乎睡了一整路。睡醒時，我正倒在一名軍人身上，他露出微笑，問我是否從很遠的地方過來，我不想多說，只簡單回答了「是」。

養老院位在離鎮上兩公里遠處，我步行前往。抵達後，本想立刻見媽媽，但門房說得先找院長。院長正在忙，我等了一會兒；等候時，門房仍一直講個不停。隨後，我見到了院長，他請我進辦公室。這位身上配戴著榮譽勛位勛章、個頭矮小的老人，眼神清亮地望著我，然後緊握著我的手許久不放，讓我不知該如何將手抽回。

他查了檔案後表示：「莫梭太太是三年前入的院，您是她唯一的依靠。」我以爲這話是責備，正準備解釋，沒想到他隨即出聲制止：「無須多說，親愛的孩子。我讀過令堂的檔案，她需要看護，但您的薪水微薄，根本無力負擔；話說回來，她在這兒也比較開心。」

我回答：「是的，院長先生。」他又開口：「您知道的，在這裡，她結識了同樣年紀的朋友，能彼此分享同時代的話題。您對她來說太年輕，搭不上話，生活會有點無聊。」

這倒是眞的。媽媽在家時，總是靜靜地望著我打發時間。剛到養老院那幾天，由於不習慣，她經常落淚，但再過幾個月若將她接走，她恐怕也會哭，這都是習慣問題。而也有那麼一點習慣使然，過去這一年我幾乎沒來看過她，同時也因來一趟會耗掉我整個週末，更別提還得搭車、花錢買票，以及耗費兩個小時的車程。

院長又說了些話，但我幾乎沒聽進去，最後他說：「我猜，您想見母親吧！」我默默起身，他領我走出辦公室大門。走樓梯時，他解釋道：「爲了避免其他院友胡思亂想，我們改將您母親移至一處簡易靈堂。每當有院友過世，其他人總會不安個兩三天，這會造成院內同仁工作上的困擾。」

我們穿越庭院，許多老人三五成群地聚在那兒聊天，一見我們便安靜下來，等我們離開又開始交談，活像竊竊私語的長舌婦。

院長帶我到一棟小屋門外，留我在那兒，他說：「莫梭先生，我先離開，有問題隨時來辦公室找我。原則上，葬禮訂在明天早上十點舉行，好讓您今晚能爲您母親守靈。最後一件事，令堂似乎經常向同伴提及希望採取宗教儀式下葬，我已安排妥當，但仍得告知您一聲。」我向他道謝。媽媽雖非無神論者，可是生前也從未對宗教產生過興趣。

我走進屋內。裡面十分明亮，石灰牆面潔白素淨，屋頂飾有玻璃彩窗，裡面擺了數張座椅和幾個X型的架子，其中兩個架子置於室內中央，托住一口掩著棺蓋的棺木，幾顆尚未釘牢的螺絲在棕色棺蓋上閃閃發亮。棺木旁，有位身穿白色工作服、頭戴鮮豔頭巾的阿拉伯護士。

這時，門房出現在我背後，他大概是一路跑過來的，有點氣喘吁吁：「棺蓋闔上了，我可以旋開螺絲讓您見見她。」他作勢湊近棺木，卻被我阻止。他問：「您不想看？」我回答：「不。」他停下動作，我有點尷尬，覺得自己不該這麼說。

他盯著我好一會兒，才問：「爲什麼不？」口氣並無責備，似乎只是好奇。我說：「我不知道。」他捻捻白鬍子，移開目光表示：「明白了。」

這位門房有一對好看的眼睛，眼珠子是淡藍色的，臉色略顯紅潤，他搬了張椅子給我，自己則在我後面坐下。護士起身朝門口走去時，門房對我說：「她長了腫瘤。」我不知其所以然，再朝護士望去，才發現她的頭纏繞著紗布，只露出眼睛，鼻梁位置也不見隆起，整張臉只覆了那層雪白紗布。

護士走後，門房又說：「我也該離開了。」不知是否因我比劃了什麼手勢，他一直站在我背後沒走，令人很不自在。

傍晚，美麗的夕陽餘暉灑滿室內，兩隻胡蜂嗡嗡飛鳴，停落在玻璃彩窗上。一陣睡意襲來，我背對著門房，問他：「您在這兒做很久了？」他立刻回答：「五年。」他彷彿一直在等我問話。

接下來，他打開了話匣子，說從沒想到會在馬宏果的養老院當門房至終老。他六十四歲，是巴黎人，我打岔問道：「喔？您不是這裡人？」然後我想起，稍早他領我去見院長前，曾提及媽媽必須儘早下葬，因爲平地氣溫高，尤其是這一帶——當時，他便提過曾在巴黎生活，很懷念那兒；他說，在巴黎通常守靈三天，也有守四天的，但在這裡完全不可能，喪家甚至還搞不清楚狀況就追著靈車送葬了。他太太當場喝斥：「閉嘴，這種事怎麼好跟先生說。」老人紅著臉，滿口抱歉。我緩頰道：「沒關係，沒關係。」我倒覺得，他的形容還眞有趣。

這會兒在靈堂，他告訴我是因爲窮困才進養老院，但他自認身體健壯，便毛遂自薦當門房；我則解讀成，他到底還是個院友，不過他否認。我早發覺，他總是以「他們」、「其他人」，或偶爾以「老人家」來稱呼院友，但部分院友甚至比他年輕呢；當然，這是兩回事，他可是一位門房，在某種程度上，院友也得聽他的。

這時，護士又走了進來。

夜幕突然低垂，濃厚的夜色籠罩著玻璃彩窗，門房打開電燈，突如其來的燈光令人目眩。他邀我到院內的餐廳吃晚飯，但我不餓，他改口問是否要替我帶一杯牛奶咖啡。我還滿愛喝牛奶咖啡的，於是同意了，沒多久他便捧著托盤回來。喝完咖啡本想來根菸，卻有點猶豫，不知能否在母親面前抽菸；考慮之後，覺得也沒什麼大不了，便遞了根菸給門房，兩人一塊兒抽。

過沒多久，門房再度開口：「跟您說，依照慣例，令堂的朋友們也會來守靈，我得去找些椅子以及準備黑咖啡了。」我問他，能否關掉其中一盞燈，白色牆面所反射的燈光令我雙眼疲勞，他說「沒辦法」，因爲電路的設計不是全開就是全關。

之後我沒再多留意他，他出去搬了好幾張椅子進屋，其中一張座椅上頭擱著咖啡壺，咖啡壺旁擺滿杯子。接著，他在我的對面，也就是媽媽棺木的另一側坐下；護士也在那邊，她背對著我，因此看不到她在做什麼，但根據她手臂的動作，我猜是在打毛線。晚間氣溫舒適，咖啡又讓人感到暖和，夜晚的氣息與陣陣花香自敞開的屋門飄入，令人不由自主地打起盹來。

窸窣聲吵醒了我。或許是剛睜開眼睛，總覺得室內光線依舊太亮，眼前一片白，每件東西、每處角落、任何線條都布滿這傷眼的純白。原來是媽媽的朋友來了，有十幾位，他們悄悄步入刺目的燈光中，坐下時，也不聞椅子發出半點聲響。我活像沒見過人類似地盯著他們瞧，仔細觀察他們的長相和穿著，任何細節都不放過。但這些人如此無聲無息，很難相信他們是眞實存在著的。

女人幾乎都穿著圍裙，紮在腰間的帶子使她們突出的小腹更爲明顯，我從不知道女人老的時候肚子可以那麼大。男人則多半很瘦，拄著拐杖；令人驚訝的是他們的眼睛，我覺得那不叫眼睛，而是長在皺紋間的一點黯淡微光。大部分的老人一坐下便客氣地朝我點頭，動著無牙而凹陷的雙唇，難以分辨是打招呼或抽搐，應該是打招呼吧！這時我發現，他們全都坐在我對面，圍著門房搖搖頭，我突然有種荒謬的想法，覺得他們正在議論我。

沒多久，一名老婦人哭了起來，她坐在第二排，被另一位女士擋住，因此看不清模樣；她低聲啜泣，節奏規律，彷彿將永遠這麼哭下去。其他人似乎沒聽見，卻同樣滿臉沮喪哀傷、沉默不語，有人望著棺木，有人盯著拐杖或任何能注視的東西。

那位婦人持續哭泣著，我根本不認識她，很驚訝她竟如此傷心，我不想再聽她哭，卻不敢明講。門房傾身與她說話，她也只是搖搖頭，咕噥幾句，然後繼續用剛才的節奏哭泣。門房只好來到我這一側，坐在我旁邊，沉默許久後，他才避著我的眼神解釋道：「她與令堂十分要好。她說，令堂是她在這兒唯一的朋友，現在她沒朋友了。」

過了許久，婦人的嘆氣與啜泣聲才逐漸平息——她不停地抽噎，終於也累了。我覺得疲憊，而且腰痠背痛，卻再也睡不著。此刻，這群人的靜默更教人難捱，偶爾還傳來莫名其妙的怪聲，聽了幾次後，我猜是某些老人吸吮雙頰所發出的咂嘴聲。但他們渾然不自覺，只顧著陷入沉思，我一度覺得躺在屋子中央的死者對他們而言毫無意義，不過現在我相信那是我的錯覺。

大家都喝了門房準備的咖啡，之後我便睡得不省人事，只記得夜裡曾有一次睜開眼睛，見老人們蜷縮著相依而眠，唯獨某位老人雙手緊握拐杖，下巴抵住手背，直視著我，似乎正等著我醒來；然後，我又再度入睡。

而後我因腰睡得越來越痛才醒了過來，醒時，陽光已經穿透玻璃彩窗。過一會兒，有位老人醒了，他咳得很厲害，把痰吐在一條格紋的大手帕裡，每吐一次就像要他的命一樣。他吵醒了其他人，門房提醒他們該離開了，老人們紛紛起身。經過一夜折騰，他們個個臉色青灰，但令我意外的是，出去時，每個人都向我握手致意，彷彿儘管整夜未曾交談，卻不影響我們交情變深似的。

我累壞了，門房帶我到他房間稍作梳洗，我又喝了一杯香醇的牛奶咖啡，步出門房的房間時，天已全亮了。將馬宏果與大海隔開的丘陵，山頭湧現了燦爛紅光，從那兒吹來的微風帶著鹹味，看來，好天氣將持續一整天。好久沒來鄉下了，如果不是因爲媽媽的事，在這兒散步應該很愉快。

此時，我只能在庭院的梧桐樹下等待，新鮮的土壤味讓人睡意全消。這個時間，我辦公室的那些同事已經起床，準備上班；對我來說，那永遠是最痛苦的時刻。我還在想著這些事，建築物裡響起的鐘聲卻打斷了我——從窗戶往內望，裡頭一陣忙亂，但隨即恢復寧靜。

太陽又往上升了一點，我開始覺得腳底發熱。門房來到庭院說是院長找我，我去了辦公室，院長拿出幾份文件讓我簽字。他身穿黑色上衣和黑色條紋長褲，手上握著話筒問我：「葬儀社的人來一會兒了，我準備請他們封棺，您想再見母親最後一面嗎？」我說「不用」，他便朝電話那頭低聲吩咐：「菲賈克，跟他們說可以去了。」

院長表示他會參加葬禮，我表示感謝。他坐在辦公桌後方，雙腿交叉，告訴我等會兒只有我們兩個人和看護出席，原則上不傾向讓院友參加葬禮，只讓他們守靈，他強調「這是人道問題」，但這次有點例外，他特別答應媽媽的一位老友隨行。「他叫湯瑪斯·裴赫。」說到這兒，院長露出了一抹微笑，「您可能會覺得有點幼稚，不過，他和令堂形影不離，養老院的人都愛開兩人玩笑，對裴赫說『那是你未婚妻』，他聽了總是笑，他倆都感到開心。莫梭太太的死對他是一大打擊，我聽從醫生的建議，昨夜不讓他守靈，但實在不忍再拒絕讓他送令堂最後一程。」

院長和我沉默了好一會兒。接著，他起身從辦公室窗戶看出去，這才發現有人來了：「是馬宏果的神父，他提早到了。」院長提醒我，至少得步行四、五十分鐘才能抵達鎮上的教堂，然後我們一起下樓。神父領著兩位侍童在靈堂門口等待，其中一個孩子手捧香爐，神父正彎下腰替他調整銀項鍊的長度。我們一到，神父直起身子，先是喚我「神的子民」，又說了幾句話，然後走進靈堂，我也跟著進去。

一進靈堂，只見棺材的螺絲已經釘牢，屋裡還有四名穿著黑衣的男人。院長說靈車已在路邊等候，神父也開始禱告。接下來的一切迅速進行，那四個男人湊近覆蓋棺罩的棺木，神父、侍童、院長和我先後步出了靈堂。門口有一位我不認識的婦人，院長向她介紹道：「這位是莫梭先生。」我沒仔細聽這位女士的名字，只知道是看護代表，她欠身致意，瘦長凹陷的臉頰毫無笑容。而後大家靠邊站立讓遺體通過，再跟隨抬棺人員走出養老院。

門外已停妥一輛烤漆發亮的長型靈車，令人聯想到鉛筆盒。葬禮負責人站在車旁，穿著古怪、個頭矮小；另一位舉止彆扭的老人，我知道他就是裴赫先生。他頭戴圓頂軟氈寬邊帽（棺木通過大門時，他特地脫了帽致意），身著襯衫和長褲，過長的褲腳在皮鞋上擠成一團，別在白色寬領上的黑色領結則顯得過小。他的雙唇在布滿黑斑的鼻子下顫抖，細絲般的白髮間露出一對古怪垂晃、彷彿胡亂縫上的雙耳，充血透紅的耳朵對比著蒼白的臉色，令人印象深刻。葬禮負責人協助我們各就各位——由神父領頭，再來是靈車，靈車周圍有四名抬棺人員，接著是院長和我，看護代表與裴赫先生殿後。

太陽完全出來了，陽光開始燒灼大地，氣溫快速升高。我不懂何必等那麼久才出發，深色衣服讓我覺得很熱，裴赫先生再次脫掉了剛戴上的帽子。我稍稍轉身望著他，一邊聽院長談論起他的事。院長說，媽媽和裴赫先生晚上常在看護的陪同下，一塊兒散步到鎮上。我環顧周邊田野，柏樹成列綿延，直達逼近天際的山陵。越過這片樹林，是紅土綠地，是稀稀落落的精巧屋舍，我懂媽媽的心情——這地方一入夜，大概便陷入令人沮喪的靜止。而今日這鋪天蓋地、逼著景物在熱氣中躍動的豔陽，則讓鄉間景致更顯折騰人，教人無力。

隊伍前進之際，我才發現裴赫先生有點不良於行，當靈車緩緩加速，他開始落後。而跟在靈車旁的某位抬棺人員更是放棄追車，直接與我並肩而行。太陽爬升的速度快得不可思議。田野間，昆蟲鳴叫，青草窸窣，不絕於耳。汗水滴落臉頰，我沒戴帽子，只能拿手帕搧風。葬儀社的人跟我說了些什麼，但我沒聽清楚，他邊說邊用右手掀起鴨舌帽帽簷，左手拿手帕抹頭。

我問：「什麼？」他指著天空重複道：「太陽好毒。」我說：「是啊。」過了一會兒，他又問：「那位是您的母親？」我還是回答：「是啊。」他問：「她年紀很大了？」我答道：「應該吧。」因爲我也不知道母親的確切年齡。他沒再說話。

我轉頭，發現老裴赫先生在後方五十多公尺處拚命追趕，拿著氈毛帽的手不停地擺動。另也觀察了院長，他步伐沉穩，沒有多餘的動作，儘管額頭沁出了幾滴汗珠，也未伸手擦拭。

我覺得隊伍走得有點快。四周始終是那片受陽光浸潤、閃耀著光芒的田野，刺眼的陽光令人難耐。有時途經新近才剛修整過的路段，強烈的日曬導致柏油龜裂鬆軟，雙腳一踩便陷入黑亮的瀝青泥淖；靈車駕駛頭上那頂硬邦邦的牛皮帽，活像在這團黑泥裡揉製過似的。我有點失去方向感——藍天白雲、一致的色調、黏稠漆黑裂了開來的柏油、灰黑喪服、靈車的黑色烤漆、烈日、皮革味、靈車沾染的馬糞味、漆味，焚香味，以及一夜未眠的疲勞……這一切都令我眼神渙散，無法集中心思。

我再度回頭，裴赫已經離我很遠，漸漸隱沒在層層的熱氣間，終至完全不見他。我放眼尋找，才發現他離開了馬路，正穿越田野。這時我注意到，前方馬路有個彎道——原來，熟稔地形的裴赫想抄捷徑趕上我們。他在拐彎處重新與隊伍會合，但不久又落後，於是他再度穿越田野，就這麼反反覆覆好幾次。我覺得血液都衝上太陽穴了。

接下來的一切倉促又制式，只要照做即可，過程我幾乎忘光了，只記得進入鎮上時，那位看護代表對我說的話。她有著一副與容貌不太搭襯的獨特嗓音，悅耳且微顫，她說：「慢慢走，怕中暑；走太快，又擔心汗流浹背地進教堂會著涼。」她說得對，卻也無可奈何。

我還記得那天的幾個畫面，像是——裴赫最後一次與我們會合時的表情，當時已經快要到鎮上了，他崩潰大哭、老淚縱橫，淚水卻因皺紋阻擋而無法滑落，只能在臉上暈開，而後填滿每條皺紋，彷彿替這張老朽面容上了一層水漆；此外，則是教堂、人行道上的村民、墳墓上的紅色天竺葵、裴赫的昏厥（他簡直像個解體的傀儡）、灑在媽媽棺木上，那混雜著白色小樹枝的血紅色土壤、人群、喧囂、小鎮、在咖啡館前等公車、不停作響的隆隆馬達聲，以及公車駛進燈火通明的阿爾及爾市時，我一想到可以躺下來連續睡上十二個小時的那份喜悅。

第 2 章

她見我繫著黑領帶，滿臉驚訝，問我是否在服喪，我說媽媽過世了。我想澄清這不是我的錯，但忍住了——解釋半天，人家還是覺得會我們有點錯。

2

睡醒時我才明白，爲何當時說要請兩天假老闆會一臉不悅，原來——今天是星期六；我根本沒想到，直到起床才發覺。老闆自然認爲，如此一來再加上星期天我便有四天的假期，難怪他要不高興。但話說回來，人家不選今天卻挑昨天替媽媽下葬又不是我的錯，更何況星期六日本來就是屬於我的時間；儘管如此，我還是能理解老闆的想法。

好不容易才離開床鋪，畢竟昨天累了一整天。刮鬍子時，我一邊盤算著接下來的行程，最後決定去泡泡水，於是搭電車前往港口的海水浴場。

一到我便跳進水裡。那兒有許多年輕人，我還在水裡遇見了瑪莉．卡多娜，她以前在我們公司待過，是個打字員；從前我就想要她，我相信她也是，可惜她待沒多久就離職了，我們沒機會發展下去。我幫她爬上浮板，過程中輕觸到她的胸部。當她趴臥在浮板上時，我仍待在水裡，她轉頭對我微笑，眼周黏著幾縷髮絲。我爬上浮板擠在她旁邊，天氣很好，談笑間我刻意把頭往後仰，躺在她的肚子上，她沒說什麼，我也就繼續靠著。眼前是一片蔚藍澄亮的天空，瑪莉的肚子頂著我的後頸平緩起伏。我們半睡半醒，在浮板上待了好一會兒。

等太陽變大，她便潛進水裡，我也跟著潛入。我追上她，摟著她的腰一起游泳，她笑個不停。當我們上岸擦乾身體時，她說：「我曬得比你黑。」我問她晚上想不想看電影，她臉上仍掛著微笑，表示想看費南代勒主演的那一部。

換衣服時，她見我繫著黑領帶，滿臉驚訝，問我是否在服喪，我說媽媽過世了。她想知道是何時的事，我便回答「昨天」，她微微後退，但沒說什麼。我想澄清這不是我的錯，但忍住了，因爲想到我曾對老闆說過相同的話，卻一點用也沒有——解釋半天，人家還是覺得我們有點錯。

到了晚上，瑪莉把媽媽的事忘得一乾二淨。電影有些橋段很好笑，但後面演得很蠢。她的腿挨著我的腿，我撫摸著她的胸部；電影近尾聲時，我吻了她，但很笨拙。散場時，她跟我回家。

睡醒時，瑪莉已經離開，她跟我提過得去阿姨家。我想起今天是星期日，覺得很無聊，我不喜歡星期日，因此又躺回床上。我聞到長枕上海水的鹹味，是瑪莉的頭髮留下的。我一路睡到十點，醒來後抽根菸，直躺到中午。我不想像平常那樣去瑟雷斯特餐館吃午餐，因爲他們一定會問東問西，我不喜歡這樣。於是自己弄了一些蛋，直接就著煎鍋吃；沒有麵包，因爲麵包吃完了，而我又不想下樓去買。

吃完午餐，覺得有點無聊，便在屋子裡晃來晃去。媽媽在的時候，這屋子的大小剛好；現在只有我一個人住，反而有點太大，應該把餐桌搬進我房間才是。畢竟我頂多在房間裡活動，而且僅限於那幾張坐墊凹陷的椅子、鏡子發黃的衣櫥、梳妝臺，以及銅製的床周圍，其餘的地方很少使用。過了一會兒，我想找點事做，便拿了一份舊報紙來看，剪下「酷需選」（Kruschen）這個品牌的嗅鹽廣告，貼在我那本專門蒐集有趣剪報的舊筆記本上。接著洗洗手，最後來到陽臺。

我的房間面向郊區的主要街道。下午天氣晴朗，但路面仍顯油膩，行人稀稀落落，匆匆而過。先是散步的一家子，兩個小男孩身著水手服，短褲長過膝蓋，漿直的衣服似乎令他們感到不太舒服；小女孩則繫著粉紅色大蝴蝶結、穿著漆皮黑鞋。走在孩子們後方的，是穿著栗色絲質洋裝的大塊頭媽媽，以及十分瘦小的爸爸。這個男人挺面熟的，他頭戴扁平窄邊草帽、繫蝴蝶領結、手持拐杖。看著他，再瞧瞧他太太，我終於明白爲何這一帶的人會說他高貴了。

不久，來了一群郊區的年輕人，頭上噴了髮膠、繫著紅領帶、穿著緊身上衣，上衣口袋繡有圖案點綴，腳下踩著方頭皮鞋；他們大概要去市中心看電影，才會這麼早出門趕電車。他們笑得非常大聲。年輕人離開後，路上漸漸冷清，我猜各處的表演活動紛紛開始了，街道上因而只剩幾位店家老闆和幾隻貓。天空中沒有任何一片雲，卻也無一絲陽光灑落路旁的榕樹。

對面人行道上，菸草店老闆抬出一張椅子擺在門口，雙臂搭著椅背跨坐。剛才擁擠的電車現在幾乎空了，菸草店隔壁那間「皮耶侯丑角之家」小咖啡館冷冷清清，只剩服務生清掃著鋸木屑。果然是星期天。

我學菸草店老闆，將椅子轉了個方向，跨坐其上，這樣比較舒服。抽完兩根菸，進屋子拿了一塊巧克力回到窗邊吃。沒多久，天空變得陰暗，原以爲會來場午後雷陣雨，天氣卻反倒漸漸轉晴。只是，方才籠罩街道、風雨欲來的大片烏雲仍未散去，馬路依舊陰暗，我待在窗邊凝視著天空許久。

五點鐘，電車從郊區體育館載回大批球迷，於喧鬧聲中進站，乘客或站在車門踏板上，或站在扶桿旁；後頭還有一輛載著球員的電車，我認得他們的小手提箱。他們放聲嘶吼、引吭高歌，大喊他們的球隊永遠不滅。有好幾個人向我致意，其中一個甚至朝著我喊：「我們打敗他們了！」我點頭回應：「太好了！」這時，其他車潮也開始湧現。

白晝即將進入尾聲，屋頂上的天空已轉爲淡淡的紅色。隨著夜晚降臨，街道開始變熱鬧，散步的人慢慢回來了，我從人群中認出了那位高貴的先生。有些孩童哭哭啼啼，有些則被牽著走。緊接著，一大群觀眾從鎭上的電影院湧出，裡頭的年輕人神態較平常堅毅，大概是看了冒險電影吧。而那些去市中心看電影的人則比較晚回來，他們看起來比較嚴肅，依然會大笑，卻不時流露出疲累和出神的表情。這些人在街上逗留，往來於對面的人行道。小鎭的那群年輕女孩沒戴帽子，彼此手挽著手；年輕男孩則設法擠進女孩之間，對女孩們說笑話，逗得她們撇過頭發笑，其中幾個我認識的女孩也朝我揮手打招呼。

猛然點亮的街燈讓第一批掛上夜空的星星爲之失色，直盯著人行道上的行人和燈光令我眼睛疲勞。街燈照亮潮濕的路面，電車的車影也規律投射在女孩們光澤的秀髮上、笑靨裡、或銀質的手環表面。不多久，電車班次越來越少，天色已全黑，夜色籠罩著林木與街燈，小鎭人潮逐漸散去，這時才有貓跑出來慢慢通過，重返冷清的街道。

我發覺也該吃晚餐了，長時間靠著椅背，脖子居然有點痠痛。我下樓買了麵包和麵條，煮好晚餐，站著吃光。本想回窗邊抽菸，但晚上變涼了，我覺得有點冷，因此走去關窗。踱回時，我從鏡子裡看到，擺在桌角的酒精燈旁還有幾片麵包。我心想，星期天老是這麼沉悶，如今媽媽下葬了，我也要回到工作崗位；總之，什麼都沒改變。

第 3 章

我在黑暗的樓梯間待了一會兒，站著不動；樓梯井底傳上來一股陰鬱潮濕的氣息，整棟樓靜悄悄的，耳際只聽見血管裡血液汩汩流動的聲音。

3

今天收假回到公司，事情非常多。老闆倒很親切，問我會不會太累，也問了媽媽的年紀，我怕說錯，因此回答「六十幾歲」；不知為何，他一副鬆了口氣、覺得這件事已經完結的模樣。

桌上堆了一大疊該我負責處理的提單。離開辦公室吃午餐前，我先去洗了手。我很喜歡在中午這個時段洗手，但晚上就沒那麼喜歡了——一整天下來，公用擦手巾早就濕透了。有一次我跟老闆反映此事，他雖覺得遺憾，卻認為這只是件無關緊要的小事。

我走出辦公室的時間晚了點，大約十二點半，跟發貨部的艾曼努一道。辦公室面海，我們花了點時間觀看停在炎熱港口的貨輪。這時來了一輛卡車，前進時，輪胎上的防滑鏈劈啪作響，艾曼努問要不要追上去，於是我跑了起來。

卡車已經開到前方，我們拚命追趕。我被淹沒在噪音和塵土中，什麼也看不見，只顧著發足狂奔。船桅在海平面上跳舞，我們沿著靠港的船隻，在絞鏈車具、機械設備之間穿梭前進。我先碰到了車身，然後飛快地跳上車，再拉艾曼努上來坐好。我們氣喘如牛，在風沙與烈日間行駛的卡車，因堤岸高低不平的石板路而顛簸著，艾曼努笑得上氣不接下氣。

我倆滿身大汗地抵達瑟雷斯特餐館。瑟雷斯特永遠都在店裡，圓肚、圍裙、白鬍子是他的標準配備。他問我還好吧，我說沒事，不過肚子很餓。我狼吞虎嚥，又喝了咖啡，然後回家小睡。午餐實在喝太多酒了，睡醒時便想來根菸，但上班有點遲了，只能跑去趕電車。整個下午，我埋首工作，辦公室非常悶熱，因此晚上下班時，很高興可以沿著涼爽的堤岸漫步回家。夜空清朗，我心情很好，但仍決定直接回家，因爲我想做點馬鈴薯泥。

上樓時，在漆黑的樓梯間撞到住在同一層的鄰居老薩拉馬諾。他正牽著狗，他倆在一起八年了，這隻西班牙獵犬有皮膚病，我想是紅癬害牠幾乎掉光了毛、全身布滿棕色結痂。老薩拉馬諾由於和狗長久共同生活在一處小房間裡，最後竟和狗一樣，臉上有微紅的痂，頭髮稀疏枯黃；狗則學主人彎腰駝背，鼻吻向前，脖子緊繃；他們看起來系出同族，卻互相討厭。

一天兩次，十一點和六點，老人會帶狗去散步。八年來，從未改變散步路線，總是沿著里昂街走，先是狗拖著人走，老薩拉馬諾會被絆倒，出手揍狗，高聲怒罵，受驚的狗兒瑟縮爬行，這才換老人拉著狗走。而當狗忘記剛才的事，再度拖行主人，便又會挨打遭罵；然後，兩造停在人行道上對看，狗的眼神恐懼，老人則帶著恨意——每天都上演這同樣的戲碼。狗想撒尿時，老人也不給時間，硬拉牠走，西班牙獵犬只好跟在後頭沿路滴出一道水痕；萬一狗不小心尿在房裡，大概又逃不過一頓打；這樣的情形持續了八年，瑟雷斯特總說「眞慘」，但其實誰知道是怎麼回事。

當我在樓梯間遇到他們時，薩拉馬諾正在罵狗「下流胚！骯髒東西」，狗呻吟著。我說「晚安」，老人仍罵個不停。我問他狗做了什麼，他也不回答，只顧罵著「下流胚！骯髒東西」，後又彎腰湊近狗，似乎在調整項圈上的什麼。我拉高音量詢問，這回，老人背對我，按捺著怒火回應：「牠就是不走！」然後硬扯著狗離開。狗四隻腳拖著地，一路哀嚎。

這時，又進來另一位住同樓層的鄰居。這一帶的人都謠傳他靠女人過活，可是每當被問及職業，他又說是倉庫管理員。大體上，他不太討人喜歡，但他常和我攀談，偶爾還會來我家，只因——我願意聽他說話。其實，我覺得他講話很有趣，況且也沒有任何理由不跟他說話。他叫雷蒙・桑德斯，身材矮小、肩膀寬大，還有一個拳擊手般的鼻子，總是穿著體面。他也談過薩拉馬諾的事，他說「太糟糕了」，他問我是否厭煩此事，我答「不會」。

我們一起上樓，當我準備進家門時，他提議：「我家有香腸和葡萄酒，來嘗嘗如何？」我想，這樣省得自己煮飯，便答應了。他家也只有一個房間，再加上一個沒有窗戶的廚房。床頭上方，有一尊粉白相間的泥塑天使像、幾張冠軍照片，以及兩三幅裸女寫眞。房間很髒，床鋪亂七八糟。他先點亮了煤油燈，接著從口袋掏出不太乾淨的繃帶包紮右手。我問這怎麼回事，他說是跟一個故意挑釁的傢伙打架造成的。

他說：「您也知道，莫梭先生，我不是壞人，只是比較衝動。那人說：『是男人的話就下車。』我先安撫他：『好了，冷靜點。』他立刻說我不是男人，那我當然得下車。我警告他：『識相點，不然看我怎麼教訓你。』他回嗆：『不然怎樣？』所以我就給了他一拳。他不支倒地，我走過去想扶他，他躺在地上，又趁機踢了我幾腳，於是我以膝蓋回擊，再揮他兩拳。他滿臉是血，我問：『打夠了沒？』他這才說：『夠了。』」

桑德斯一邊敘述一邊調整繃帶，我則坐在床上。他接著道：「您瞧，我可沒招惹他，是他先找我麻煩。」那倒是眞的，我也這麼覺得。而後他直言，想聽聽我對某事的意見——他覺得我是條漢子，社會歷練又豐富，假如能幫他的忙，將來有事他一定挺我到底。我沒說什麼。他繼續問我想不想當他的朋友，我說都可以，他聽了顯得很開心。

他把香腸丟進平底鍋烹煮，擺好酒杯、餐盤、餐具和兩瓶葡萄酒，過程中沒說半句話。我們就座準備吃飯，開動後，他講起自己的事，剛開始有些猶豫：「我認識一個女的……應該說是情婦。」原來，跟他打架的男人是女子的哥哥。桑德斯說這名女子是他包養的，我沒答腔。他又說，他知道鎭上的人如何議論，但他對得起自己，而且他有一份倉庫管理員的工作。

他表示：「話又說回來，我發現她騙我。」他給女子足夠的生活費，幫她付房租，每天給她二十法郎吃飯。「房租三百法郎、伙食費六百法郎，有時缺長筒襪就買長筒襪，隨便加一加就一千了。她覺得自己不工作很合理，還嫌我給的錢不夠用。我問：『你爲什麼不去工作個半天也好？這樣不無小補，能減輕我不少負擔。這個月我幫你買套裝，按日給二十法郎，幫你付房租；而你卻約朋友吃下午茶，供糖供咖啡的。我給你錢，對你這麼好，你就是這樣回報我的！』她還是不肯去工作，繼續嚷嚷錢太少，也因此，我才覺得她欺騙我。」

原來，他在女方的包包裡發現了一張樂透彩券，但她無法解釋買彩券的錢是從哪兒來的。後來，他從她家翻出疑似當票的單據，證明她典當了兩只手鐲，而他根本不知道有手鐲的存在。「顯然她說謊，所以，我決定分手，但先揍了她一頓，然後破口大罵，說她滿腦子只顧著吃喝玩樂。莫梭先生，您曉得嗎，我還跟她說：『你不知道大家有多羨慕你得到的幸福，將來你就會明白自己有多幸運。』」

他不斷地毆打她直到見血，以前，他從沒這樣打過她。「我是打過，但出手很輕。她稍微哭叫，我就關上百葉窗，接著也就沒事了。但這一次很嚴重，我覺得還沒把她教訓夠。」

他解釋這便是為什麼需要我的建議，而後他停頓了一會兒，先處理燒焦的燈芯。我一直聽他說話，還一邊喝了將近一公升的酒，太陽穴感到非常灼熱。我抽了不少雷蒙的菸，因為我自己的抽完了。外頭經過最後幾班開往市郊的電車，電車行駛的噪音也逐漸遠離。

雷蒙再度開口，說最讓他受不了的是「自己仍想跟她做愛」，但又想教訓她。原本打算帶她上賓館，然後叫警察來，鬧成妨害風化事件，讓她留下案底。後來，他請教了幫派的朋友，儘管他們沒能提出什麼好辦法，但雷蒙強調，加入幫派果然值得——他才剛講完事情的原委，就得到了「在她身上留下記號」這樣的建議；不過這非他所願，還得再深思熟慮。

總之，他想先問我一件事，而在問之前，他得明白我對這整件事的看法；我回答沒有看法，只是覺得很有趣。他問我，是否認爲女方欺騙他；我是覺得她一定有。他又問我，是否贊成教訓她，換作我是他會怎麼做；我說這很難講，但我能理解他想懲罰她的心情。

我又喝了一點酒，他則點上菸，將他的計畫告訴我——他想寫封讓她感到「痛苦又後悔」的信，等到她回頭時跟她上床，一辦完事立刻朝她臉上吐痰，再將她掃地出門；我認爲，這個方法確實能教訓到她。可是，雷蒙又說他沒辦法寫這封信，想拜託我代筆，我沒回話；他問，現在立刻寫會不會麻煩，我說「不會」。

於是他喝了杯酒，起身，推開餐盤和所剩無幾的冷香腸，仔細擦拭過防水桌布，再從床頭櫃抽屜取出了方格紙、黃色信封、紅木筆管小鋼筆，以及裝有紫色墨水的方形墨水瓶。當他說出女人的姓氏時，我這才知道原來是摩爾人。我開始動筆，雖然寫得有點隨便，但我由衷希望雷蒙高興，因爲沒理由讓他不高興。

寫完，我大聲唸給他聽，他邊聽邊抽菸，頭點個不停，然後要我重唸一次。他非常高興，讚道：「我就知道你上道。」起先，我還沒留意他以「你」相稱，直到他宣布「現在，你是我眞正的朋友」時才驚覺；他又再宣布了一遍，我回答「沒錯」。他一副很想跟我當朋友的樣子，其實，做不做朋友對我都一樣。

他把信封封妥，我們把酒喝完，又默默抽了一會兒菸。外頭夜深人靜，只聞一輛汽車駛過的聲音。我說「很晚了」，雷蒙也這麼認爲，他覺得時間過得眞快，事實上也沒錯。我很睏，卻站不太起來，我看起來應該很累，因爲雷蒙勸我振作。一開始我沒聽懂，這才解釋他聽說了媽媽過世的消息，而這種事畢竟遲早會來——我也這麼想。

我站起身，雷蒙緊握著我的手，說：「到底還是男人最懂男人。」走出他家，關上門，我在黑暗的樓梯間待了一會兒。我站著不動，樓梯井底傳上來一股陰鬱潮濕的氣息，整棟樓靜悄悄的，耳際只聽見血管裡血液汨汨流動的聲音，還有老薩拉馬諾屋裡傳來狗兒的低聲哀鳴。

第 4 章

老薩拉馬諾回頭關上了自己的房門，我聽見他來回踱步，牆邊傳來一些奇怪的小聲響，我想是哭聲。不知為什麼，我想起了媽媽。

4

這星期除了工作忙，還有雷蒙說他把信寄出去了，另外還跟艾曼努去看了兩次電影——他永遠搞不清楚電影情節，得不斷解釋給他聽。而昨天星期六，瑪莉依約前來，她穿著紅白條紋的洋裝和皮製涼鞋，緊實的胸部若隱若現，臉蛋被太陽曬成了金褐色，像花一般嬌嫩。我很想要她。

我們搭公車到距離阿爾及爾幾公里遠的海灘，那裡岩石環繞，沿岸則長滿蘆葦。下午四點的太陽不太大，但海水仍保持溫熱，一波波小長浪緩慢地襲上海灘。瑪莉教我玩一個遊戲，游泳時，一邊用嘴巴蒐集浪頭的泡沫，然後翻身，朝天空噴出嘴裡的泡沫，這條泡沫花邊不是在空中消失，就是化做溫熱的雨滴落在我的臉上。沒多久，我的嘴巴就因海鹽的苦澀而感到灼熱。接著，瑪莉游過來跟我會合，在水裡緊貼著我。她的嘴靠上我的，舌頭舔著我的嘴唇，我覺得清涼多了，我們又在浪裡玩了好一陣子。

上岸更衣時，瑪莉睜著清澈的大眼望著我，我吻了她。之後，我們沒再交談，我摟著她，火速找輛公車搭上，火速抵達我家，然後跳上床。我任由窗戶開著，夏夜的涼風輕撫著我們黝黑的身軀，感覺很舒服。

隔天早上，瑪莉留下來沒走，我要她一起吃午餐。我下樓買肉，回程上樓時，聽到雷蒙房裡有女人的聲音。不久，老薩拉馬諾開始罵狗，先是傳來鞋子和爪子在樓梯木板上走動的聲音，然後聽到「下流胚！骯髒東西」，他們又出門上街了。

我把老人的事說給瑪莉聽，她哈哈大笑。她穿著我的睡衣，捲起過長的袖子，她一笑，我又想要她了。

過了一會兒，她問我愛不愛她，我說談這個沒意義，但我覺得不愛；她看起來很難過，可是準備午餐時，又像什麼都沒發生過一樣，依舊笑嘻嘻的，那模樣總讓我想親她。

這時，雷蒙家爆出了激烈的爭吵。

先是女人尖聲謾罵，然後雷蒙大吼：「你背叛我！背叛我！你給我聽清楚，你背叛我！」接著傳出幾聲悶響，女人開始尖叫，由於叫聲太過淒慘，樓梯間立刻擠滿了人，瑪莉和我也跑去看個究竟。女人不停地喊叫，但雷蒙還是一直揍她。瑪莉說眞可怕，我沒回答；她要我找警察來，我說我不喜歡警察。但住在二樓的一名水管工人仍然帶著警察來了。警察一敲門，屋裡馬上變安靜；警察再使勁地敲，過了一會兒，女人又開始哭，雷蒙開門，嘴裡叼著菸，一臉無辜。女人突然衝到門邊，向警察告狀雷蒙打人。

「你叫什麼名字？」警察問雷蒙，雷蒙照答。

「跟我講話的時候，拿掉你嘴裡的菸！」警察喝道。雷蒙有點猶豫，看著我，又吸了一口菸。這時，警察朝他臉頰用力甩了一記耳光，香菸瞬間飛了幾公尺遠。雷蒙臉色一變，卻沒說什麼，只以卑微的語氣問能否把菸撿回來。警察同意，接著又說：「下次，你就知道警察可不是當假的。」

女人繼續哭泣，不斷地說：「他打我，他是個拉皮條的！」於是雷蒙問：「警察先生，難道大庭廣眾之下說一個男人是拉皮條的，這樣就合法嗎？」但警察命令他「閉嘴」。雷蒙轉向女人說：「等著瞧，小妞，我們後會有期！」警察叫他閉嘴，叫女人離開，但雷蒙得留在家裡等警局傳喚，還罵雷蒙應該爲自己醉得全身發抖感到羞恥。雷蒙辯駁：「警察先生，我沒喝醉。在您面前，我無法不抖啊。」之後他關上門，圍觀群眾一哄而散。我跟瑪莉已經備好午餐，但她不餓，因此幾乎都是我吃。她下午一點離開，我又睡了一會兒。快三點的時候，有人敲門，是雷蒙來了。我繼續躺著，他坐在床邊沉默了好一會兒，我問他事情怎麼發生的。

他說他照計畫進行，但被女方賞了一個耳光，才會出手打人，而接下來的事我都看到了。我說，我覺得那女的已經得到教訓，他應該感到開心才對。他的確是這麼想的，甚至認爲警察跑來處理很多餘，畢竟也改變不了她被打的事實；他還說自己很了解警察，知道如何應付他們。他又問我是否期待他回擊警方那個耳光，我說沒什麼好期待的，況且我又不喜歡警察。

雷蒙看起來非常高興，他問我想不想一塊兒出去走走，我便起床整理頭髮。他表示我該出面作證，我無所謂，只是不知道該說什麼。照雷蒙的意思，只要證明那女人羞辱他即可，於是我答應當他的證人。

我們一起出門，雷蒙請我喝白蘭地。接著他想來場撞球，我差點就贏了。後來他提議上妓院，我拒絕，因爲不喜歡，所以我們慢慢走回家，沿途他一再表示成功教訓了情婦有多開心。我覺得他對我很好，這樣還不錯。

遠遠地，我瞧見老薩拉馬諾站在大門口，神情焦躁；待走近，才發現狗不在他身邊。他四處張望，東轉西轉，在漆黑的走廊來回走動，嘴裡發出不成句的咒罵，充血的小眼睛反覆搜尋著路面，尋找狗的蹤影。

雷蒙問他發生什麼事，他沒有馬上回答，我隱約聽到他喃喃唸著「下流胚！骯髒東西」，情緒依舊激動。我問他狗去哪兒了，他很兇地回答「牠走了」，接著突然滔滔不絕：「我像往常一樣帶牠到閱兵場。攤販們搭了木棚做生意，引來許多人潮，我只是停下來看『逃亡之王』脫逃表演，等看完要走時，牠就不見了。當然，我早就該替牠買條小一點的項圈，可是眞不敢相信，這骯髒東西就這樣走了。」

雷蒙解釋，狗即便迷路也會自己找路回來，還順便舉了幾個「狗兒行走幾十公里，最後找到主人」的例子。老人聽完，神情更激動了：「可是你們知道的，應該會有人帶牠回來；除非有人收留牠，但這又不可能，大家都討厭牠身上的痂，所以一定是警察把牠抓走的。」我建議他去收容所看看，付點費用就能把狗領回來。他問我費用高不高，我說不知道，他又開始發火：「爲了這骯髒東西花錢？哼！去死好了！」接著連番咒罵。

雷蒙大笑地走進大門，我跟在後頭，兩人在樓梯間分手。

沒多久，我聽見老人的腳步聲，他敲了我的房門。開門後，老人在門邊站了一會兒，才說：「抱歉，抱歉。」我請他進屋，他不肯，只是一直盯著自己的鞋頭和布滿疤痕的顫抖雙手，低頭問道：「莫梭先生，您說他們不會送狗回來，但會把牠還我，所以我該怎麼做？」我說，狗會在收容所待上三天，等主人認領，之後收容所會以他們認爲合適的方法處置犬隻。他靜靜地看著我，然後說：「晚安。」

老薩拉馬諾回頭關上了自己的房門，我聽見他來回踱步，床舖咯啦作響，牆邊傳來一些奇怪的小聲響，我想是哭聲。不知爲什麼，我想起了媽媽。隔天還得早起，我不餓，沒吃晚餐便直接上床睡了。

第 5 章

狗的壽命比人類短，因此他倆等於是一塊兒變老。自從狗得了皮膚病，他每天早晚都替牠擦藥，但他知道狗兒真正的病是老了，衰老，無藥可醫。

5

雷蒙打電話到我辦公室，說他一個朋友邀請我（他跟對方提過我），星期天過去濱海木屋玩，就在阿爾及爾這附近。我說我很想去，可是已經答應女友要陪她，雷蒙立刻表示他朋友很歡迎我帶女友一塊兒去，而且朋友的老婆一定會很開心，這樣她就不必在一堆男人中孤軍奮戰。

我想趕快掛上電話，因爲老闆不喜歡城裡打來找我們的電話。但雷蒙要我等一下再掛，他先說晚上會拿邀請函過來，再來主要是想提醒我另一件事——原來，他被一群阿拉伯人跟蹤了一整天，他前任情婦的哥哥也在其中。雷蒙說：「如果你晚上回家時，發現他在房子附近徘徊，記得警告我。」我回答：「沒問題。」

不久，老闆找我，我忐忑不安，他大概是要我少講電話、好好工作。結果根本不是。他提起了某項還未定案的計畫，但其中有件事得先問我的意思。他計畫在巴黎設立一間辦公室處理當地業務，直接與大公司往來，不知我是否有意願過去，如此一來，平常將住在巴黎，每年還能到法國各地旅行。老闆說：「您還年輕，應該會喜歡這樣的生活。」我回答：「是啊。」但老實說，去不去都無所謂。

他問我，是否對改變生活沒有太大興趣；我回答，人從來就改變不了生活，反正，大家都過得差不多，我也不覺得目前的生活哪裡不好。老闆有點不高興，說我總是答非所問、缺乏企圖心，這點在職場上很糟糕。我回到座位上工作。我也希望別讓老闆生氣，但實在找不出改變現狀的理由。仔細想想，我也沒那麼慘，學生時代，當然也曾懷抱許多類似的理想抱負，但在不得已放棄學業之後，很快便體認到這些都不重要。

晚上，瑪莉來找我，問我想不想結婚；我說都可以，如果她想，我們就結。她接著問我愛不愛她，我的回答跟之前一樣——「這問題沒意義，而且應該不愛。」她問：「那爲什麼要娶我？」。我解釋，這不重要，如果她渴望結婚，我們就結婚，更何況她都開口了，我當然很樂意答應。

她認爲婚姻是一件大事，我回答「不是」。她沉默半晌，靜靜地看著我，然後說她只想知道，如果有另一個我也很愛的女人提出同樣的要求，我是否會接受？我說：「當然。」然後，她開始懷疑自己是否愛我，這點我無從得知。又一陣沉默之後，她嘀咕著我很奇怪，也許就是愛我這一點，但可能某天也會因此而討厭我。

她見我不發一語，沒其他意見，便笑嘻嘻地挽住我的手表示仍想結婚，我說她想什麼時候結婚都好。我還告訴她老闆的提議，瑪莉說她滿想去巴黎看看，我說我在那兒待過一陣子，她好奇我當時過得如何。我回答：「很髒，到處都是鴿子和黑漆漆的庭園，然後，當地人都是白皮膚。」

之後我們走在大馬路上，穿越了這座小鎮。我問瑪莉，有沒有注意到鎮上的女生很漂亮，她說有，她明白我的意思。接下來的一小段時間，我們一句話也沒說，我想要她留下來陪我，便提議一起去瑟雷斯特餐館吃晚餐。她說她很想去，但有事得處理。快到家時，我跟她道別，她望著我問：「你不想知道，我要處理什麼事嗎？」我當然想知道，只是沒想到要問，難怪她一副想罵人的樣子。我滿臉遭人逮個正著的尷尬，她則依舊笑容滿面，整個身體靠了過來，送上香吻。

我在瑟雷斯特吃晚餐，才剛開動沒多久，有位奇怪嬌小的女人走進餐廳，問我能否共桌；當然，想坐就坐。

她有很多無謂的小動作——那張蘋果小臉上有雙明亮的眼睛；她脫掉外套就座，忙不迭地看起菜單，隨即叫來瑟雷斯特開始點餐，指令明確迅速；等候冷盤期間，她打開皮包，取出一小張方型紙和鉛筆計算帳單、加上了小費，再拿出小錢包，數好一毛不差的錢擺在面前。這時冷盤上桌，她火速呑掉。而等待下一道菜的空檔，她又從皮包裡拿出藍色鉛筆和一本附有一週廣播節目表的雜誌，非常仔細地逐一勾選節目，幾乎全勾了。由於雜誌有十幾頁，她整頓飯都在細心地做這件事；等我吃完，她仍保持專注，繼續勾選。之後，她起身穿上外套離開，動作如機器運轉般精準確實。由於我沒什麼事做，便走出餐廳，跟著她一會兒。她沿著人行道邊緣，以一種難以想像的速度和準度前進，不曾走歪也未走錯回頭。我一直跟到看不見人才折回，心想她眞奇怪，但很快就忘了她。

我在家門口遇到老薩拉馬諾，便請他進屋。他告訴我，狗失蹤了，因爲牠不在收容所，那裡的人說牠可能被車子輾死了；他又問，去警察局是否有機會查到，對方表示這種事每天都在發生，不會留下記錄。我建議老薩拉馬諾再養一隻狗，但他堅定地讓我明白「他已經習慣這隻狗了」。

我蹲在床上，薩拉馬諾則坐在桌前的椅子上，面向我，雙手搭著膝蓋，舊軟氈帽脫也沒脫，枯黃的鬍子底下發出一串含糊字句。我覺得他有點煩，但老實說也沒事幹，更無睡意，爲了找話題，便問起有關狗的事。老人說，太太死後，他才養了這隻狗。他很晚才結婚，年輕時想在劇團演戲（入伍後，曾在軍隊歌舞團軋上一角），最終卻進了鐵路局工作；他不覺得後悔，畢竟現在有筆小小的退休金度日。他跟老婆過得並不幸福，但反正也習慣了；她死了之後，他覺得好孤單，因此才向同事要了狗來養。

那時牠還很小，得用奶瓶餵食，由於狗的壽命比人類短，他倆等於是一塊兒變老。薩拉馬諾說：「牠的脾氣很糟，我們有時候會吵架，但牠還是一隻好狗。」我稱讚牠血統優良，薩拉馬諾聽了很高興。他補充道：「而且，您沒看過牠生病前的樣子，那時的毛比較漂亮。」自從狗得了皮膚病，薩拉馬諾每天早晚都替牠擦藥，但他知道狗兒眞正的病是老了，衰老，無藥可醫。

這時，我打了個呵欠，老人說他該走了。我開口留他，並爲狗的遭遇難過，他向我道謝，還說媽媽很喜歡他的狗。提起她時，薩拉馬諾是以「您可憐的母親」稱之，他猜想媽媽過世後，我應該很難捱；但我沒回話。

他立刻帶著尷尬的表情說，他知道這一帶的人因爲我把媽媽送進養老院，對我頗有微詞，但他知道我的爲人，也知道我很愛媽媽。我說我不知道被批評，也不懂爲什麼要批評，對我而言，養老院是很自然的選項，因爲我沒有足夠的錢照顧媽媽。我又說：「況且，我們母子倆長期無話可說，她自己一個人也很無聊。」老人贊同：「對啊，住養老院，至少能交到朋友。」

語畢，薩拉馬諾起身告辭，準備回家睡覺——現在他的生活改變了，還不太知道該做些什麼。他悄悄地握緊我的手（打從我們認識以來，這還是第一次），我能感覺到他手掌上的硬繭。他面露微笑，離開前還對我說：「希望今晚沒有狗吠聲，否則我會以爲是我的狗在叫。」

第 6 章

我全身緊繃，握緊手槍，扣下扳機，觸到了槍托光滑的內側……事情便從這無情的震耳巨響中起了頭。其實，我只要掉頭走開就沒事了，是我背後那片在熱氣下浮動的海灘逼得人前進。

6

星期天，我睡得昏昏沉沉，瑪莉又叫又搖才把我吵醒。我們打算早一點去游泳，因此沒吃東西。我覺得肚子空空，頭有點痛，菸抽起來也有苦味，瑪莉笑我怎麼一張苦瓜臉。她身穿白色布料洋裝，頭髮披散下來，我誇她漂亮，她笑得開懷。

下樓時，我們敲了敲雷蒙的門，他說他準備下樓了。

我仍然很疲倦，加上在屋裡時沒拉開百葉窗，一到外頭的路上才知道豔陽高照，陽光直衝上臉，彷彿打了我一巴掌；瑪莉十分雀躍，直說天氣真好。後來我覺得好多了，開始感到飢餓，我告訴瑪莉，她打開防水包包，裡面只放了我們的泳衣和一條浴巾，看來只能等會兒再吃了。

我們聽到雷蒙關門的聲音，他穿藍色長褲以及白色短袖襯衫，戴了一頂瑪莉覺得好笑的草帽，他的手臂在黑色手毛映襯下顯得白皙；這副模樣有點討厭。他吹著口哨下樓，心情似乎不錯，先向我打招呼「你好，老朋友」，然後稱呼瑪莉爲「小姐」致意。前一天晚上，我們一塊兒去了警察局，我作證那個女人「背叛」雷蒙，警察僅口頭告誡後便叫他離開，也沒查證我的說詞。

我們站在門口和雷蒙討論後，決定搭公車去。海灘不太遠，但仍得快點出發，雷蒙認爲若能提早到，他朋友會很高興。

正要出發時，雷蒙突然比劃了一個手勢要我注意對面，我看到——一群阿拉伯人靠在菸草店門前，靜靜地盯著我們，一副把我們當成石頭或枯木的模樣。雷蒙說，左邊數來第二個是他的死對頭，他面露不安，卻補充了一句「事情已經過去」。瑪莉不太懂，問我們發生什麼事，我解釋那群阿拉伯人是衝著雷蒙而來；她聽完，希望立刻離開，雷蒙則挺直身子，笑著催我們加快腳步。

我們走去比較遠的公車站，雷蒙說阿拉伯人沒跟上來。我轉頭，發現那些人仍在原處盯著我們離去的地方，眼神冷漠依舊。搭上公車後，雷蒙如釋重負，不停地說笑話給瑪莉聽。我覺得雷蒙很喜歡瑪莉，但她幾乎不太答腔，只偶爾對他笑一下。

我們在阿爾及爾的郊區下車，海灘離公車站不遠，但得先攀越一處小高地才能到達。從高地可以俯瞰大海，高地的斜坡則一路延伸至海灘。高地上隨處可見褪成淡黃色的石子，以及在蔚藍天空下更顯雪白的野百合；瑪莉興奮地揮動著防水包包，打落了許多花瓣。我們行經好幾排間或圍著綠色或白色柵欄的小巧別墅，有幾棟房子連著陽臺躲進了檉柳叢裡；有些則毫無遮蔽，直接搭建於石地之上。

還沒登上高地，便看見了平靜無波的大海，以及矗立於稍遠處清澈海水中那沉靜而巨大的岬角。寧靜的氛圍中，傳來一陣微弱的馬達聲，我們瞧見遠處有艘小型拖網漁船在波光粼粼的海面上緩緩航行。瑪莉摘了幾朵生長於岩石上的鳶尾花；而從面海的斜坡望去，已經有些人在游泳了。

雷蒙朋友的小木屋位於海灘的盡頭，挨著岩石群建造，支撐屋子的樁基直沒入海水。雷蒙爲我們介紹他的朋友——馬松。馬松是個大塊頭，身材高大魁梧；馬松太太則嬌小圓潤、態度親切，帶著巴黎口音。馬松接下話頭，要我們別太拘束，還說準備了一些炸魚，早上剛釣來的。我稱讚他的房子很漂亮，他說週末和休假時，他都來這兒度假，而後又補了一句：「我太太也一起來，我們相處得很不錯。」那時，他太太正與瑪莉相視而笑，這或許是第一次，我眞的起了結婚的念頭。

馬松想游泳，但他太太和雷蒙不想去，於是我們三個人一起去。來到海邊，瑪莉便迫不及待地跳進水裡，我和馬松則稍候片刻。他說話速度很慢，我留意到，他言談間習慣加上一句「我是說」（儘管這對前後文毫無幫助），像是提及瑪莉，他會說「她很出色，我是說，很有魅力」；但很快地，我便不再理會這口頭禪，忙於享受陽光帶來的舒暢。

腳底下的沙開始發燙，我想下水，只是先等著，最後才開口問馬松：「去游泳？」我直接潛入水中，他則慢慢下水，直到腳踩不到底，才整個人撲進水裡。他的蛙式游得很爛，於是我丟下他去找瑪莉。水很冰涼，我們游得很開心。我和瑪莉越游越遠，兩人的游泳節奏配合無間，都覺得十分愜意。

待游到人少的海域，我們改爲仰泳；我把臉轉向天空，幾道流進嘴裡的海水被太陽蒸發。我們看見馬松返回沙灘，躺著曬太陽；儘管距離遙遠，他看起來還是那麼龐大。瑪莉想和我一塊兒游泳，我便從後摟住她的腰，她用力划動手臂，我則打水幫忙前進。整個上午就這麼聽著細微的打水聲，後來我累了，便放開瑪莉，照原本的游法折返，如此換氣順暢多了。

回到沙灘，趴在馬松旁邊，把臉埋進沙裡，我說「眞棒」，他也同意。不久，瑪莉也上岸了，我翻過身看她走過來，她渾身沾著鹹鹹的海水，頭髮往後撥。瑪莉挨著我躺下，她身體的熱度和太陽的酷熱，讓我有點昏昏欲睡。

瑪莉搖醒我，說馬松先回去了，午餐時間到了。我很餓，立刻起身，可是瑪莉說我從早到現在都沒親她；這倒是眞的，其實我很想親。她提議：「到水裡吧！」我們跑向大海，試著躺上幾波小浪頭。划了幾下蛙式後，她靠近我，我感到她的腿纏住我的，我想要她。

再上岸時，馬松來叫我們。

我說餓死了，他馬上對老婆說他眞喜歡我。麵包很可口，我狼吞虎嚥地吃光自己的魚，接著上桌的還有肉和炸薯條。大夥兒忙著塡飽肚子，無暇交談；馬松頻頻喝酒，還不停地替我倒酒。喝咖啡時，我覺得頭有點重，於是抽了不少菸。馬松、雷蒙跟我打算整個八月都來海邊度假，費用一起分攤。

瑪莉突然打岔：「知道現在幾點嗎？才十一點半而已。」大家嚇了一跳，馬松說我們的確太早吃午餐了，不過這很正常，因爲何時肚子餓，何時就是午餐時間。瑪莉笑了起來，我不懂這有什麼好笑，她大概喝多了。

馬松問我想不想一塊兒去海邊散步，他說：「我太太總在飯後午睡，我可不喜歡。我需要散散步，雖然一直告訴她這樣有益健康，但畢竟她有權選擇睡覺。」瑪莉說要留下來幫馬松太太洗碗，這位嬌小的巴黎女士表示，正因如此，男人都該到外頭去，因此我們三人就出去了。

烈日簡直直撲沙灘，海面反射的陽光令人難受，沙灘上空無一人。座落於高地邊、突向大海的那排小木屋傳來杯盤交錯之聲。路上石頭散發的熱氣逼人窒息。雷蒙和馬松聊起我不認識的人和事，這才知他倆相識甚久，甚至同住過一段時間。我們走到海邊，沿著岸邊前進，偶爾襲來比較長的小浪，打濕了我們的布鞋。由於沒戴帽子，太陽曬得頭昏昏欲睡，我無法思考。

這時，雷蒙對馬松說了些什麼，我沒聽清楚，倒是察覺距離甚遠的海灘那頭，有兩名身穿藍色工作服的阿拉伯人朝我們走來。我望向雷蒙，他說：「就是他。」我們繼續前進。馬松問「他們怎麼會跟到這裡來」，我想他們應該注意到了我們拿著海灘包搭公車，但我什麼也沒說。

阿拉伯人走得很緩慢，卻越來越靠近。我們沒改變速度，雷蒙出聲道：「萬一打起來，馬松，你對付另一個；我負責我的死對頭；如果有第三個人過來，莫梭，就交給你。」我說：「好。」這時，馬松將手伸進口袋，滾燙的沙子被曬得通紅。

我們維持相同的步伐迎向阿拉伯人，雙方距離逐漸縮短，差距數步之遙時，阿拉伯人停下，馬松和我也放慢腳步。

雷蒙朝著死對頭走去，我聽不清楚那人對他說了什麼，對方作勢打他的頭，雷蒙搶先揮拳，並立刻叫來馬松。馬松衝到剛才說定由他對付的人面前，使盡全力打了兩下，那阿拉伯人臉朝下，跌進海裡，在水中掙扎了幾秒，頭部周圍的水面不斷冒出氣泡。雷蒙也未停手，打得對方滿臉是血。雷蒙轉向我，說：「你瞧瞧他的下場。」我大喊：「小心！他有刀！」但雷蒙的手臂、嘴巴，轉眼已被劃傷。

馬松跳上前，但那個阿拉伯人已經爬起身，站到拿刀同伴的背後。我們不敢動，他們也盯著我們慢慢後退，不時揮刀威嚇，待退到一定範圍，才飛也似地逃跑。我們仍然待在豔陽下，雷蒙緊抓著淌血的手臂。

馬松隨即表示有位醫生週末會來高地度假，雷蒙想立刻過去，可是他一開口說話，嘴邊的傷口便冒出血泡。我們扶著他，儘快走回小木屋。到了之後，雷蒙說只是皮肉傷，走去醫生那兒沒問題。馬松陪他去，我留下來向女人們解釋事發經過。馬松太太哭了，瑪莉臉色慘白；跟她們說明這些眞煩，我閉上嘴，望著大海抽菸。

將近下午一點半，雷蒙和馬松回來了，他手臂纏繞繃帶、嘴角貼著膠布。醫生說沒什麼大礙，但雷蒙依舊悶悶不樂，馬松試著逗他開心，他仍不發一語。雷蒙想去海灘，我問往哪個方向，他回答只是透透氣，馬松和我打算陪著他，他卻發脾氣罵人。馬松說「順著他吧」，但我還是跟去了。

我們在海灘上走了許久，酷熱的陽光碎落沙灘和大海。我隱約覺得雷蒙已經想好要去哪兒，但也可能是我誤會了。最後來到海灘盡頭，那兒有一小股泉水從某塊大岩石後面流向沙灘，我們找到了那兩名阿拉伯人。

他們躺著，身穿沾滿油污的藍色工作服，神色平靜、心滿意足，並未因我們的出現而有什麼反應。攻擊雷蒙的那個人默默盯著他；另一人則以小蘆葦桿當樂器，一邊反覆吹奏著三個音符，一邊拿眼角瞄我們。

此時此刻，四周只剩烈日和寂靜，伴隨著微弱的泉水，以及三個音符聲。雷蒙從口袋拿出左輪手槍，對方沒有動作，兩人始終盯著彼此。我注意到吹蘆笛的傢伙，腳趾頭分得很開。

雷蒙的視線始終沒從對方身上移開，他問我：「斃了他？」我忖度，如果說「不」，他一定會衝動開槍，只好回答：「他連話都沒講你就開槍，有點說不過去。」在寂靜與熾熱之中，持續傳來細微的水流聲和蘆笛聲。

雷蒙又說：「那好吧，我來罵他，等他回嘴，我再開槍。」我說：「是沒錯。可是他如果沒亮刀子，你就不能開槍。」雷蒙有點激動起來。吹蘆笛的那個沒停過，兩人依舊留意著雷蒙的一舉一動。我勸雷蒙：「別這樣，你可以找他單挑，但手槍給我。如果他的同伴插手或拿出刀子，我會讓他躺下。」

雷蒙交出手槍，太陽又升高了一點，我們依然站著不動，像被什麼困住似的。雙方繼續對峙，眼睛眨也不眨，一切都在大海、沙灘、烈日，以及笛聲、水流聲的雙重寂靜中停滯。我正思索著是否要開槍，阿拉伯人卻突然悄悄退至大岩石後方，雷蒙和我因而從原路折返。他似乎好多了，還談起回程公車的事。

我陪他回到小木屋。他爬上木梯時，我還停在最底下那階，腦袋被太陽曬得嗡嗡作響。想到得先費力地爬上階梯，再花心思跟女人們聊天，就覺得累；但待在這酷熱底下，簡直跟站在滂沱大雨中靜止不動同樣難受——留下或離開，似乎沒兩樣。過了一會兒，我轉身，開始朝海灘走去。

外頭陽光通紅，熱炸了。快速前進後退的小浪，彷彿大海正急促地呼吸著。我慢慢往岩石群走去，太陽曬得我額頭漲痛。熱氣壓著我，令人舉步維艱。每次遇上強大的熱氣衝上臉，我便咬緊牙關，握緊褲袋裡的雙拳，全身緊繃，試圖戰勝驕陽和襲人的濃烈暈眩感。沙灘、白貝殼或玻璃碎片反射的每道光，活像利刃，使我收緊上下顎骨；這段路走了好久。

在陽光和水氣組成的眩目光暈中，我找到遠處那一小堆深色岩石。想著岩石後方的清涼泉水，渴望重獲清泉的低喃；渴望逃離烈日、逃離疲於奔命，還有女人的眼淚；最渴望的是，尋回陰影，好好休息。但等我再走近些，只見雷蒙的死對頭早已回來。

他獨自一人仰躺休息，手枕著後頸，額頭被岩石的陰影擋住，身體卻曝曬在太陽下，藍色工作服在高溫中冒著熱氣。我有點受驚，因爲我認爲事情已經了結，才會想都沒想便走來這裡。

他一見我，稍微直起了身子，將手伸進口袋；我也很自然地握緊上衣口袋裡雷蒙的手槍。於是，他再度後退，但手並未抽出口袋。我離他甚遠，大約距離十多公尺，他眼皮半閉，我不時得猜測他目光的焦點；但大部分時間裡，他的身影總在我眼前、在發燙的空氣中躍動。

海浪的聲音和中午相比已較爲慵懶平緩，但照射沙灘的豔陽及刺目強光依舊沒變。白晝停滯了兩個鐘頭，彷彿在金屬般燒燙的海裡下了錨。海平面上有艘小汽艇經過，我只能用餘光瞄到那黑點，因爲我非盯著阿拉伯人不可。

其實，我只要掉頭走開就沒事了，是我背後那片在熱氣下浮動的海灘逼得人前進。我朝泉源走了幾步，即便如此，阿拉伯人還是離我很遠。他沒有移動，或許是臉上陰影的關係，他似乎在笑。我稍待了片刻，灼熱的陽光使人雙頰發燙，汗珠聚集在眉毛上。

今天的陽光和媽媽下葬那天一樣，因而，我覺得額頭特別痛，皮膚底下的每根血管都在激烈地跳動著。我再也受不了這種灼熱，於是又前進一步。我知道這麼做很蠢，畢竟，只走一步並無法擺脫太陽，但我還是走了，就這麼一步。

這回，阿拉伯人沒有起身，直接亮刀給我看；太陽底下，刀刃迸射出的光芒像一道閃耀的長浪，直撲我腦門。

眉毛上的汗珠登時滾落眼皮，宛如覆蓋了一層厚重溫暖的帷幔，淚珠與海鹽形成的簾幕遮蔽了視線，我只感到太陽像鐃鈸般落上了額頭。模模糊糊間，臉上仍不斷閃爍著利刃反射的強光，彷彿熱燙的劍啃噬我的睫毛、挖痛我的雙眼，一切，都在晃動。

海水送來一陣濃重、炙熱的氣息，讓人以爲天界大開，準備降下火雨。我全身緊繃，握緊手槍，扣下扳機，觸到了槍托光滑的內側……事情便從這無情的震耳巨響中起了頭。顧不得汗水和豔陽，我明白自己摧毀了白晝的平衡，摧毀了這片曾讓我開心的海灘所獨有的寧靜。而後，我又朝那具毫無動靜的軀體開了四槍，子彈全都深陷體內，彷彿短促地敲了災難之門四下。

65

大概，是我自身吸引了這種特殊的命運找上門——那麼，這樣一個被控謀殺的被告，最後卻因沒在母親過世下葬時哭泣而遭處決，又有什麼關係呢？

第二部

第1章

檢方調查了我的私生活，得知媽媽最近在養老院過世，院方的人說我在媽媽下葬當日顯得「無動於衷」。我回答，媽媽過世跟我犯下殺人案是兩回事。

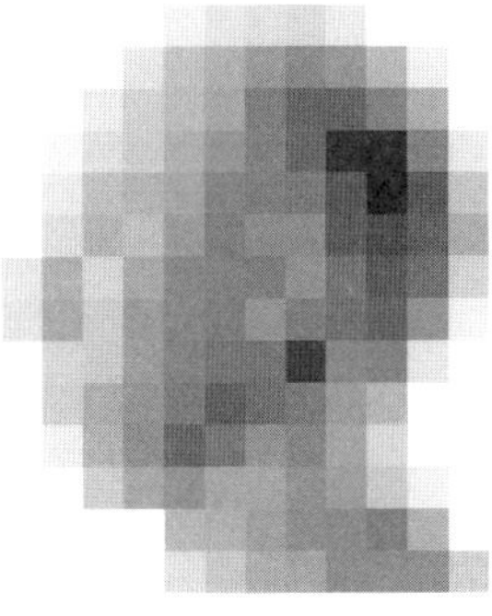

1

遭到逮捕後，我立即被訊問多次，不過都是有關身分的問題，時間沒拖太久。第一次訊問是在警察局，似乎沒人對我的案子感興趣，倒是八天後來了一位預審法官，他看我的眼神流露著好奇。

問話開始，他依照慣例問我的姓名、地址、職業、出生日和出生地，接著確認我是否請了律師；我說沒有，並且問他是否一定需要律師。他疑惑道：「什麼意思？」我解釋，因爲我覺得自己的案子非常單純。他笑著說：「這是您的想法，但法律就是這麼訂的，若您不找，我們也會安排公設辯護律師。」我說，能由法院負責這些細節眞是太方便了；他也認同，並強調法律制訂得很周詳。

起初，我沒有太注意他。他在某間拉上窗簾的房間見我，房裡只有一盞檯燈，燈光正對著一把扶手椅，他請我就坐，自己則待在暗處；我曾在書上讀過類似的情境敘述，覺得這很像辦家家酒。談話結束後，我才仔細觀察這位男士，他長相斯文、身材高大，深陷的雙眸是藍色的，蓄有灰長鬍子，以及一頭濃密卻幾乎花白的頭髮。總而言之，我認爲他非常通情達理、親切和善，儘管嘴角有時會因緊張而抽搐。離開房間時，我還朝他伸出了手，那一刻才想起，自己殺了人。

翌日，有位律師來拘留所探望我，他矮小圓潤、十分年輕，精心梳理的頭髮整齊服貼。儘管天氣炎熱（我穿襯衫），他卻身穿深色西裝，衣領上繫著一條黑白粗條紋相間的奇怪領帶。他將原本夾在手臂下的公事包放在我床上，自我介紹後，表示已研究過我的檔案，說案子雖然棘手，但只要相信他，一定能打贏官司。我向他道謝，他說：「那就直接切入重點吧。」

他坐在床上解釋，檢方調查了我的私生活，得知媽媽最近在養老院過世，便前往馬宏果調查，還聽聞我在媽媽下葬當日顯得「無動於衷」。我的律師說：「您得明白，我也不太願意問這種事，但此事非同小可，若我找不出論點加以辯護，這很可能會成爲起訴的重大理由。」

他需要我的協助，問我葬禮那天是否悲傷哀慟；這問題讓我震驚，若要我問別人這種問題，我會很不好意思。但我仍表示，由於這幾年漸漸不太留意自身的感受，因此很難提供答案；我當然很愛媽媽，但這不代表什麼，舉凡正常人，或多或少都曾希望所愛之人死去……律師打斷了我的話，態度非常激動，要我允諾不在法庭和預審法官面前提起這些想法。但我進一步解釋，我天生情緒很容易受到生理需求干擾——媽媽下葬那天，我非常疲憊，昏昏欲睡，根本不知道發生了什麼事，唯一可以肯定的是，我寧願媽媽沒死。律師聽了沒有比較開心，他說：「這樣還不夠。」

他思索半晌，問：「屆時能否說，你那天是強忍悲傷。」我說：「不行，這不是事實。」他投以怪異眼神，好像有點受不了我，還凶巴巴地強調，養老院院長和職員勢必會出庭作證，如此一來「我會吃大虧」。我提醒他，媽媽過世跟這件案子是兩回事，結果他這麼回應我：「很顯然地，您從未跟法院打過交道。」

律師離開時臉色鐵青，我本來想留住他，好好解釋一番；我需要的是認同，而非優異的辯護，不過前提是，他願意聽我說。看來，我令他坐立難安，他無法理解我的想法，對我也略有不滿。我眞想對他保證，我等同於尋常人，絕對跟一般人無異。但就算有機會說明，其實也沒多大用處，況且我覺得挺麻煩的，索性算了。

稍晚，我再度被帶去見預審法官，時間是下午兩點。這回，辦公室裡光線充足，窗簾使亮度變得柔和。天氣很熱，他請我坐下，非常客氣地告知，我的律師「出於意外情況」不克前來，我有權不回答問題，待下次律師在場協助時，再接受訊問。我說我可以自己回答，於是他按下桌上的按鈕，一位年輕書記官隨即走了進來，在我後方坐下。

我和預審法官舒適地坐在扶手椅上，審訊開始。他先說，有人稱我沉默寡言、鮮少主動與人攀談，他想知道我對此有什麼看法。我回答：「因爲從來沒什麼大事好說，自然閉嘴囉。」法官像第一次見面時那般微笑，認爲這理由極佳，說：「其實，這一點也不重要。」他靜靜地注視著我，突然挺直腰桿，很快地表示，「我感興趣的，是您！」

我不太明白他的意思，因此沒有反應。他又說：「我對您的某些行爲不甚理解，相信您會願意助我釐清。」我說整件事非常單純，他便催促我重述當日情形，於是我將之前對他說過的內容再說一遍——雷蒙、海灘、玩水、爭執，然後又是海灘、小清泉、太陽和開了五槍。他聽完每句都說：「好，好。」而當我提到躺平的屍體時，他則點頭道：「沒錯。」一直重複同樣的故事實在很煩，我好像從沒說過這麼多話。

靜默片刻後，他起身表示想幫我，並對我的事感到興趣，在上帝的幫助下，他會爲我盡力；但在此之前，他還得問幾個問題，便直接問我愛不愛媽媽。我回答：「當然，就跟所有人一樣。」這時，原本規律敲著打字機的書記官突然停下，大概是敲錯按鍵，只得倒退重打。

接著，法官問了一個不相干的問題，他想確定我是否連開五槍。我思考後詳細說明：「一開始只有一槍，過了幾秒，才開了另外四槍。」他不解：「兩次開槍之間，您爲何停頓？」再一次，我看見了火紅的沙灘，前額感受到太陽的灼熱。

我沒回答這個問題。隨之而來的安靜令法官焦躁不安，坐在椅子上的他胡亂撥弄著頭髮，兩隻手肘撐在桌面，稍稍朝我前傾，用古怪的表情問我：「爲什麼？爲什麼要對一個臥地不起的人開槍？」我實在無從回答。法官抹抹額頭，再度詢問，語氣略顯激動：「爲什麼？您一定得告訴我爲什麼！」我依舊沉默。

他毫無預警地起身，大步走向辦公室裡側的文件櫃，打開其中一個抽屜，取出一只銀製的耶穌像十字架，揮舞著走向我。他的音調變了，用幾近顫抖的聲音吼著：「您認得祂嗎？」我說：「是的，當然。」他口氣激昂，連珠砲似地強調自己相信上帝，他相信沒有任何人會錯到連上帝都無法寬恕，但前提是，罪人得悔悟，讓靈魂回歸到如孩子般純淨，準備好接受上帝的安排。

他整個身軀壓上了桌子，在我的頭頂揮動著十字架；說眞的，我很難跟上他宣揚理念的速度，一方面是覺得很熱，再者辦公室裡有幾隻大蒼蠅會飛來停在我臉上；此外，他有點嚇到我，但當下自己亦頗感荒謬，畢竟我已成了殺人犯。法官仍滔滔不絕地說著，我大致明白他的意思，他覺得我的自白只剩一處不清楚，也就是——我第二次開槍之前爲什麼會停頓；其他部分毫無問題，唯獨這一點令他費解。

我告訴他，鑽牛角尖不對，這點沒那麼重要……但他打斷我的話，最後一次規勸我，挺直了身子，問我信不信上帝，我回答「不信」。他憤怒地坐下，對我說這不可能，所有的人都相信上帝，甚至包括背棄祂的人；這是他的信念，若他心存懷疑，人生將失去所有意義。他嚷道：「您希望我的人生沒有意義嗎？」依我看，這跟我無關，而且也如此回答他。

可是，他卻隔著桌子把耶穌推到了我眼前，失控地叫喊：「我這個基督徒，向主乞求原諒你所有的過錯，你怎能不相信祂爲你受罪呢？」我注意到，他用「你」相稱，但我受夠了。屋子裡越來越熱，一如往常地，每當我想擺脫某個說話讓我聽不下去的人，就會擺出贊同的表情。讓我意外的是，他竟然得意洋洋地說：「瞧瞧，你這不就信了，準備把自己交付給主了嗎？」當然，我再度否認，他也再度跌坐回扶手椅。

他看來精疲力盡，安靜了好一會兒。不停逐字記錄著對話的打字機，繼續打完剩下的句子。然後，法官定神看著我，眼神帶點憂鬱，低聲道：「我從沒見過像您這麼頑劣的靈魂。來到我面前的罪犯，只要見到這受難像沒有不痛哭流涕的。」我反駁，那些人是罪犯自然如此，卻想起自己也和他們一樣——我還沒習慣自己的罪犯身分。隨後，法官起身，意味審問結束；最後，他只問我是否後悔犯下罪行，表情依舊有點累。我想了想，說：「比起真心懊悔，我更覺得煩惱。」他似乎不懂我的意思，今天無論談什麼都沒有進展。

後來，我經常和預審法官見面，但每次都有律師陪同，談話內容僅要我交代清楚先前自白的某些部分，法官和律師也會討論起訴細節。其實，那段期間他們根本沒理會我，慢慢地，連偵訊口氣也變了，法官似乎對我失去興趣，直接把我的案子歸於某一類。他不再提上帝的事，也不再出現第一次訊問時的激動。從此，我們的會談變得和樂融融——問幾個問題，稍微和律師談一下，審訊就結束了。

依法官所言，我的案件正在按程序進行。偶爾一些例行性的談話，法官和律師也會邀我加入討論——我總算能鬆口氣，談話時不再有人凶我。整個過程相當順利，而且按部就班、小心翼翼，甚至讓我興起「自己屬於這個大家庭」的荒謬念頭。

經過了十一個月的預審期，某天，法官送我到辦公室門口，拍拍我的肩膀，熱切地宣布：「偵訊到今天全部結束，反基督先生。」我得承認，儘管整個過程只有短短數秒，我卻開心得不得了；我非常驚訝自己的反應，因爲從來沒有任何事讓我如此興奮。語畢，我又被憲警帶走。

第2章

我突然明白，人只要曾獨自生活過一天，就能毫無困難地在監獄裡生活一百年；回憶夠多就不怕無聊，某方面而言，也算是種優勢。

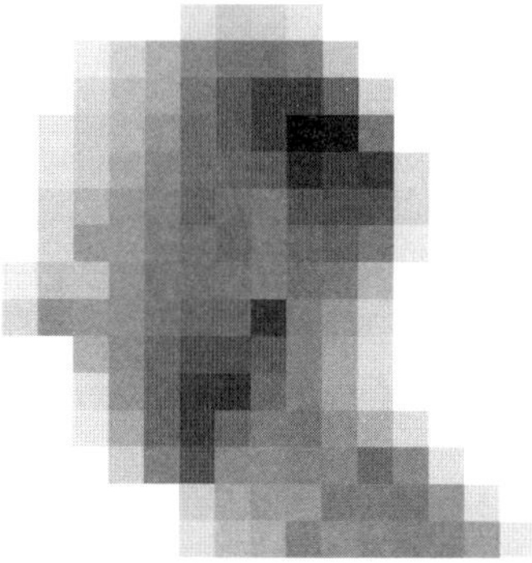

2

有些事我從來不喜歡提起。例如，當我進了監獄幾天後，我就明白這輩子絕不想多談坐牢這段期間的事。然而不久，我又發現這種厭惡感也沒什麼。

其實，頭幾天我還不覺得自己正在坐牢，甚至莫名期盼能來點兒新鮮事。唯獨在瑪莉第一次、也是唯一一次探監後，一切都變了——從收到她來信的那天起（她說由於不是我的妻子，因此他們不准她探視），我開始覺得，住在這單人牢房跟住自己家似乎沒兩樣，人生亦就此靜止。

被逮捕的那一天，我先被關進一間已經拘留了幾個人的房間，裡面大多是阿拉伯人。他們對著我笑，問我犯了什麼罪，我說我殺了一個阿拉伯人，當場全都安靜下來。不久後，天黑了，他們仍舊教我如何在自己睡覺的位置鋪放蓆子——只要將蓆子的一端捲起，就能當長枕用。整晚，一堆臭蟲爬得我滿臉。

幾天後，我被隔離開來，關進單人牢房，裡面有木板床可睡，還有如廁用的小木桶和一只鐵盆。監獄蓋在城裡最高的地方，透過牢房的小窗戶可以望見大海。這天，我正緊抓欄杆、使勁將臉貼向陽光時，獄卒前來通知有訪客，我猜大概是瑪莉——果眞是她。

我走過一段長廊，經過樓梯，再通往另一條走廊，才抵達會客室。接著進入一間很寬敞的大廳，大窗戶引進光線，室內十分明亮。會客室被兩道大型鐵欄均分爲三個空間，鐵欄之間約八至十公尺寬，正好隔開訪客和囚犯。瑪莉站在另一側，身穿條紋洋裝，臉蛋曬成了褐色。我這一側則有十多名囚犯，以阿拉伯人居多。瑪莉的四周全是摩爾人，左右各有一名女訪客，一邊是緊抿雙唇、身穿黑衣的矮小老婦；另一邊則是沒戴帽子、嗓門極大、手勢很多的胖女人。

礙於兩座柵欄之間隔著長距離，訪客與囚犯必須高聲說話。我一進去，人聲鼎沸，偌大光裸的牆面傳來嗡嗡作響的回音，刺眼的陽光透過天窗傾洩而下，強光四濺，害我有點頭昏眼花；我的牢房安靜得多、也昏暗許多，因此一時之間得花上幾秒鐘適應。倒是之後多虧了光線充足，讓我得以看清這裡的每一張臉孔。

我注意到，兩座柵欄中間的走廊盡頭，有位獄卒坐在那兒。大部分的阿拉伯囚犯和家屬都面對面地蹲著，他們沒有叫嚷；四周雖吵，他們仍以彼此聽得清楚的音量低聲交談。這來自低處的呢喃暗語，形成了不間斷的低音部，與他們頭頂上方的嘈雜談話聲交錯串連。我快速觀察了會客室的人事物，一邊走向瑪莉。她倚靠著柵欄，給我一個燦爛的笑容，我覺得她很漂亮，卻不知如何說出口。

她扯著喉嚨問：「還好嗎？」「嗯，還好。」

她又問：「你看起來氣色不錯，需要的東西都有嗎？」「有，都有。」

我們沉默了片刻，瑪莉臉上始終掛著微笑。她旁邊的胖女人正朝我隔壁一個金髮高大、眼神眞誠的傢伙大吼，八成是她老公，他們已經談了一陣，我只聽見後面的部分——女人聲嘶力竭地說：「珍娜不想雇用他。」男人回答：「好，好。」女人補充說明：「我說，你出獄後還是會雇他，但她就是不願意。」瑪莉在胖女人那一側喊著：「雷蒙說，向你問好。」我說：「謝謝。」聲音卻被隔壁的仁兄蓋過：「但願他很好。」他太太笑著說：「他的狀況再好不過了！」

坐在我左邊的，是個矮小年輕、雙手纖細的男人，他倒是一句話也沒說。我發現，他面對的是一名嬌小老婦，兩人緊緊凝視著對方。我無法觀察他們太久，因爲瑪莉對我喊話，要我別放棄希望，我說「好」。我望著她，眞想緊摟她那被洋裝裹住的雙肩，眞想觸碰那一身細緻的布料，除此之外，實在不知還該希望些什麼。

但這或許是瑪莉的眞心話，因爲她仍然笑著，我的目光被她一口亮白的牙齒，和雙眼瞇起形成的小皺紋所吸引。她再度高聲地說：「你出來後，我們就結婚！」我問：「你眞這麼想？」其實，我只是找話說，她卻立刻高聲回答：「當然囉，等你獲判無罪，再一起去游泳。」她旁邊的那位胖婦人嚷道，說自己留了籃子在書記室，並且列舉出內容物——是該仔細核對，因爲那些東西都很貴。隔壁那矮小男人和他媽媽依舊對視著彼此。那些阿拉伯人也繼續蹲低私語著，外頭的陽光似乎快要擠破窗口。

我有點不舒服，想要離開；吵鬧，令人難受。但另一方面，我又想把握瑪莉在的時光。不曉得過了多久，瑪莉聊著她的工作，依舊笑容滿面。會客室混雜著低語、叫嚣和談話聲，唯一的寧靜是我身旁那對互望的母子。而後，阿拉伯人一個個被帶回牢房，從第一個人被帶走開始，幾乎所有人都跟著安靜下來。矮小老婦靠近鐵柵欄，這時，獄卒朝他兒子示意。男人說：「再見，媽媽。」老婦人的手伸出欄杆，慢慢比劃了一個小手勢，許久不動。

她離開後，隨即走進一名持帽的男人。他在老婦人原本的位子坐下，獄卒也帶來了另一名囚犯；這兩人一見面即熱絡交談，但音量減半，因爲會客室沒那麼吵了。接著，換我右邊的傢伙被帶走，他太太好像沒注意到不需再那樣吼叫，仍繼續高聲話別：「照顧好自己，保重！」然後輪到我，瑪莉拋來飛吻；離開前，我回頭看她，她仍在那兒，臉緊貼著柵欄，從我的角度看過去，那張笑臉被柵欄隔成了四塊，還因擠壓而扭曲。

不久，瑪莉寫信給我，打從這時候起，開始發生某些我再也不想提起的事。但無論如何，不誇張，比起其他人，我的確沒費太大力氣便適應了獄中生活。當然，剛被拘押時，最痛苦之處在於——我仍當自己是自由身，例如依舊渴望迎向沙灘、海洋；而每當腦海浮現頭幾波衝上腳底的浪潮水聲，以及浸入海水身心舒暢的感覺時，便突然覺得牢房的牆距離實在太近。

但才過了幾個月，我便已經把自己當作囚犯，每天等著到中庭散步，或等律師來訪，其餘時間也安排得不錯。我常想，如果把我放進一根枯樹幹裡生活，不必工作，只需注視頭頂上的天空，我應該也會漸漸習慣——等著鳥群飛過或雲朵聚集，與在這兒等著看律師又繫了什麼怪異領帶；或好比在過去那個世界，爲了能夠緊擁瑪莉的身體，我總是耐心地等候星期六到來，大概，都無甚分別吧。不過，仔細想想，我到底不住在枯樹幹，比我更慘的大有人在；就像媽媽常掛在嘴邊的，人終究會習慣一切。

此外，通常我不會想得太遠，最初幾個月的確難熬，但只要費點心力還是熬得過去。例如，想要女人的慾望折磨著我，這很自然，畢竟我還年輕。然而我絕不單想瑪莉，我會先幻想某個女人、再來更多女人、所有我認識的女人，以及我愛上她們的情境，直到整間牢房塞滿她們的臉孔、塡滿我的慾望。某種程度來說，這令人瘋狂，但另一方面，卻可以消磨時間。

後來，我博得了典獄長的同理心。他總是在用餐時間陪同廚房伙計送飯，是他先提起了女人的事。他說，其他囚犯最先抱怨的就是這一點；我說自己跟他們一樣，也覺得這種待遇很不公平。他回應：「不過，這正是將您關進監獄的原因。」我問：「什麼，就爲了這個？」他答：「沒錯，就是爲了『自由』，爲了剝奪您的自由。」我從未想過這一點，但同意了他的說法：「這倒是，否則懲罰的意義何在？」他接道：「是的，您很明理，但其他人可不。總之，他們多半自行解決生理需求。」說完，便離開了。

此外，我本來還有香菸，但入獄時，舉凡皮帶、鞋帶、領帶，以及口袋裡的所有東西，尤其是香菸，全被拿走了。有一次在牢房裡，我請他們歸還香菸，但他們不准。前幾天非常難受，這或許是最讓我心情低落的一件事，我從木板床剝下了幾塊木頭吸吮，整天都覺得噁心想吐。我不懂，幹嘛剝奪這種不會傷害他人的權利；之後，我明白了，這也算懲罰的一部分，但那時我已習慣不再抽菸，因此這懲罰對我來說也不再是懲罰了。

撇開這些煩心事，我其實不太悲慘，我得重申，重點在於——如何消磨時間。而打從學會「回憶」那一刻起，我便再也不無聊了。有時，我開始回想我的房間，想像從角落出發，在心底細數沿途的擺設，再返回原地。一開始，很快就結束了，但只要再次重新回想，又會多花一點時間才結束，屢試不爽。因為除了把每件家具想一遍，還得確認這些家具以及其他物品的所在位置，此外，每件物品亦有其細節像是鑲嵌、裂痕，或缺口、顏色、紋理等等；還有，盤點時，我試著不中斷，盡量完整列舉出所有的物品。幾個星期下來，光靠著清點我房間的東西，便能打發好幾個鐘頭。而越想，腦海裡就跳出越多似曾相識或遺忘的東西。於是我突然明白，人只要曾獨自生活過一天，就能毫無困難地在監獄裡生活一百年；回憶夠多就不怕無聊，某方面而言，也算是種優勢。

再者，還有睡眠問題。起初，我晚上睡不好、白天睡不著；慢慢地，夜眠情況好轉，白天也能入睡；到了最近幾個月，我敢說，一天的睡覺時數已達十六至十八小時，而剩下的六小時則用來吃飯、解決生理需求、回憶，以及想想「捷克斯洛伐克人」的故事。

我在床墊和床板之間，發現了一小片薄得接近透明、幾乎黏在床墊上的泛黃舊報紙。上頭刊載著一則社會新聞，文章的開頭佚失了，但應該是發生在捷克斯洛伐克——有個男人離開捷克的鄉村到外地賺錢，二十五年後，帶著老婆小孩衣錦還鄉。他母親和姐姐在家鄉經營旅館，為了給她們驚喜，他將妻兒安置在另一間旅館，隻身返家。結果進門時，母親完全沒認出他，他想開個玩笑，決定訂房投宿，還故意秀出大把鈔票。當晚，母親和姐姐拿榔頭謀殺他，偷走財物，再將屍體丟進河裡。隔天早上，男人的太太前來，在不知情的情況下，表明了那位房客的眞實身分，於是男人的母親上吊自殺、姐姐投井自盡。這篇報導我讀了大概不下千次，一方面這個故事很不眞實，另一方面卻又合情合理；無論如何，我認為那男人有點咎由自取，他不該開這種玩笑。

因此，時間就在睡眠、回憶、閱讀新聞，以及白晝與黑夜的交替間流逝；我終於明白，為何坐牢坐到最後，會失去時間概念。我是覺得無所謂，只是無法理解日子怎能同時漫長又短暫，一輩子當然很長，但若日子無限延伸，最終僅是日復一日，便形同毫無分別。對我而言，過日子這件事，只剩「昨天」或

「明天」等字面上的意義罷了。

某天，獄卒說我來五個月了，我想他不會騙我，卻不解其意。依我看，我只在牢房待了一天，接下來頂多是不停地重複這一天，以及做同樣的事。那天獄卒離開後，我望著鐵碗裡自己的倒影，儘管試著對碗中人微笑，對方依然板著臉；我搖了搖碗，再笑，影像仍舊嚴肅，愁容滿面。白天過去了，一天之中我最不想提起的便是此刻——一如既往，夜的跫音悄悄步上了監獄各樓層。我靠近天窗，利用最後一點光線再次凝視自己的倒影，還是很嚴肅，而且不知為何驚訝，所以，我正在為某事驚訝？

這時，也是幾個月來，我首次清楚聽見自己的聲音。我認得這聲音，因為過去聽了好長一段時間，而我也清楚坐牢期間多半只能自言自語。我突然憶起，媽媽葬禮那一天，看護代表所說的話。沒辦法，這實在無解，沒有人可以想像監獄的夜晚是什麼樣子。

第3章

依我看，是厄運。大家都知道厄運的厲害，根本防不勝防。因此，我認為這樁悲劇根本就是厄運造成的。

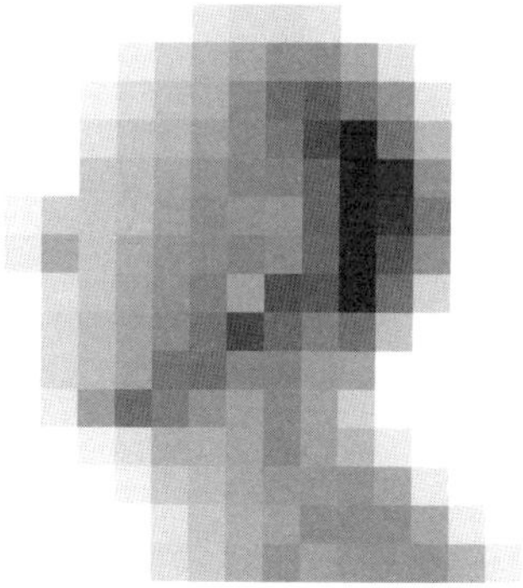

3

老實說，我不覺得度日如年，只覺得夏天過後，很快又換來另一個夏天。而隨著氣溫逐漸升高，我知道又有事上門了。

我的案子被排在重罪法庭最後一次庭期，整個庭期將於六月結束。開辯論庭那幾天，都是陽光普照的好天氣。律師保證，辯論庭頂多開個兩三天，他補充道：「況且，您這不是本期最重大的案子，法庭必定速審速決，因爲緊接著得審理一樁弒親案。」

早上七點半，我被帶上囚車送往法院。兩名法警領我至一處陰暗的小房間，我們坐在門邊等待，門後傳來說話聲、吆喝聲，以及移動椅子的聲音；這種搬移桌椅的哄亂，令人想起地方上舉辦的活動——每次樂隊表演完，大夥兒都會騰出空間來跳舞。

法警告知需等候開庭，其中一位遞菸給我，但我婉拒了。隨後他問我是否害怕，我回答不會，況且這輩子從沒機會親見受審過程；某種層面上，我甚至興致勃勃。另一位法警開口：「也是，但到最後會很累。」

不久，房裡的小鈴作響，他們替我取下手銬，開門帶我至被告席。法庭內座無虛席，即便拉上簾子，陽光仍見縫就鑽；玻璃窗關著，室內很悶。

我坐下，身旁有法警看守，這才發現眼前有一排臉孔盯著我瞧，我知道他們是陪審員，卻無法道出他們彼此之間的差異，只覺得場景很像電車的長條椅，而車上所有不知名的乘客正虎視眈眈，想從我這剛上車的乘客身上找出笑柄。當然，這種想法很蠢，我明白他們不是來找笑柄，而是來找罪行的；反正兩者差不多，因此很自然聯想在一塊兒。

密閉空間裡滿屋子的人讓我有點頭暈，我重新掃視法庭，仍舊難以分辨每張臉。一開始，我完全不知這堆人爭先恐後地聚集一堂是爲了看我，因爲通常沒有人會特別注意我；後來，又費了點力氣才弄清楚，自己的確是引起騷動的主因。

我對法警說：「人好多！」他解釋，全是報社報導害的，並指著站在陪審席下方桌子旁的一群人：「就是那幾個。」我問：「誰？」他再說一遍：「報社的人。」

這時，某位相熟的記者看到他，朝我們走來。那是個上了年紀的男人，態度親切，相貌有點滑稽，他很熱情地與法警握手。我注意到，其他人也都在忙著寒暄交談，就像來到俱樂部遇見氣味相投的人那般開心。我有種奇怪的感覺，覺得自己是多餘的，有點像不速之客。

不過，這位記者仍微笑祝福我一切順利，我向他道謝，他又說：「您知道，我們稍微報導了您的事。夏天是報社的淡季，只剩下您這件案子跟弒親案有點東西可寫。」隨後，他指著那群他所屬的記者堆，有個戴黑框大圓眼鏡、活像胖黃鼠狼的矮小男人，那是巴黎一家報社的特派記者，說：「其實他並非爲您而來，只是他負責匯報弒親案的審判過程，所以上頭的人才要他順便將您的案件傳電報回去。」我差點又要開口道謝，但隨即覺得荒謬。他親切地揮手離去，我們又等了幾分鐘。

我的律師到了，他穿著長袍，身邊圍著許多同事。他走向記者，和他們握手致意。一夥人談天說笑、一派輕鬆，直到庭內鈴聲響起，大家才返回座位。我的律師走過來跟我握手，勸我回答提問時盡量簡短、避免主動說明，其餘交由他處理。

左邊傳來椅子向後拉動的聲音，只見一位高瘦、身著紅衣、手持單眼鏡片的男人就座，然後仔細地摺妥袍子——是檢察官。庭務員宣布準備開庭，兩臺大型電扇開始轟隆運轉。三位法官帶著卷宗快步走向那俯瞰全室的法官席，前兩位穿黑袍，第三位則穿紅袍。穿紅袍者坐上中間那張扶手椅，將法官帽置前，拿手帕抹了抹微禿的頭頂，然後宣布開庭。

那些記者早已握筆等待，清一色掛著冷漠、略帶嘲諷的表情，唯獨其中一位身穿灰色法蘭絨上衣、搭配藍色領帶的年輕記者，放下筆盯著我瞧。從他那五官不太協調的臉上，我只注意到兩顆清亮異常、專心打量著我且不帶任何情緒的眼珠子，讓我產生了自己看自己的奇怪感覺。

或許出於這個原因，再加上不清楚這裡的規矩，導致我弄不太懂接下來的程序——陪審團抽籤，審判長向律師、檢察官和陪審團提問（每次提問，陪審員總是動作一致地轉頭面向法官席），快速宣讀起訴書——我認得裡面提及的部分地名和人名，之後又向我的律師問了幾個問題。

審判長宣布傳喚證人，庭務員開始唱名，這些名字引起我的注意。聽眾席中立刻有了回應，我看見他們陸續離開座位，從側門消失，包括養老院院長和門房、老湯瑪斯・裴赫、雷蒙、馬松、薩拉馬諾和瑪莉；瑪莉朝我示意，神色略顯緊張。就在我訝異自己居然沒早點發現這些人在場的同時，最後被傳喚的瑟雷斯特已然起身。我認得坐在他隔壁的女子，正是曾在他的餐廳和我共桌吃飯的嬌小婦人——她穿著外套，表情篤定堅毅，目光犀利地望著我。

但我沒時間多想，審判長已發言宣告言詞辯論正式開始，他不再浪費時間要求旁聽的民眾保持肅靜，因爲他的職責是秉公引導辯論進行，並持客觀態度審理案件——陪審團的決議必須合乎司法精神，只要情況不對，他會立即宣布休庭。

溫度持續升高，法庭裡的人紛紛揮動報紙搧風，弄皺紙張的聲音此起彼落。審判長比劃了一個手勢，庭務員便取來三把草編扇子，三位法官立刻接過來搧風。

我的審訊隨即開始。審判長發問時，語氣平和，我甚至感受到一絲眞摯。他們再度要求我交代身分，雖然很煩，但我承認這很合理，否則審錯對象麻煩可大了。接著，審判長重讀我的筆錄，每逢三句就問「這樣正確嗎」；他一問，我就按照律師的指示回答「是的，審判長先生」；光是這個部分就花了很長的時間，因爲審判長對內容十分細究。記者們從頭到尾振筆疾書，那位年輕記者和嬌小女木偶的目光仍不時落在我身上。電車長椅上的人則全都面向審判長，他咳了兩聲，翻閱卷宗，一邊搧風一邊轉向我。

他說，現在得問我幾個表面上看來與案情不相干、但其實可能有重大關聯的問題。我知道他又想談論媽媽，當下眞覺厭煩至極。他問，我爲何送媽媽去養老院；我回答，因爲沒錢請看護和看醫生。他又問，我是否曾爲此感到內疚；我解釋，無論媽媽或我，我們倆對彼此都沒什麼期待，也不指望別人，我們很習慣各自的新生活。於是，審判長表示他無意僵持在這一點上，同時徵詢檢察官是否有其他問題要問。

檢察官半背對著我，並未與我相視，他說既然審判長授意，那就請我說明，是否預謀殺害阿拉伯人，才會獨自返回泉源地？我否認。他又問：「那爲什麼帶槍？爲什麼剛好走到那兒？」我回答：「只是巧合。」檢察官沒好氣地回覆審判長：「暫時沒有其他問題。」後續有點混亂，至少我是這麼認爲的。幾度交頭接耳後，審判長宣布休庭，下午再聽取證人的證詞。

還沒弄清楚狀況我就被帶上囚車，返回監獄吃午飯。才剛覺得自己累了，又被接走，一切重新來過，回到同樣的法庭，面對同樣的臉孔。倒是氣溫又升高許多，每位陪審員、檢察官、我的律師，和幾名記者也像變魔術般拿出了草扇。年輕的記者和那位嬌小女木偶仍然坐在原處，他們沒搧風，依舊不發一語地盯著我瞧。

我擦掉臉上的汗珠，有點無法集中精神，有點不確定自己的處境和身分，直到耳際傳來養老院院長之名，才讓我回神。他被問及媽媽是否曾抱怨我，他說「是」，但院友們多少都有抱怨親屬的毛病。審判長再問，媽媽是否責怪我送她進養老院，答案仍是肯定的，只是這次他未加但書。而針對另一個問題，他則回答，對於我在葬禮那天表現得如此冷靜感到訝異；至於被追問何謂「冷靜」時，只見院長盯著自己的鞋尖，說了我不想見媽媽最後一面、沒掉一滴淚、葬禮結束後立刻離開，未在墓前停留默哀等情事。院長說，更令他驚訝的是，葬儀社的員工事後曾告訴他——我不知道媽媽幾歲。

現場安靜了好一會兒，之後審判長請院長確認，我是否爲他證詞所指之人；院長不明其意，審判長解釋「這是法律規定」。而後，審判長又詢問檢察官是否還需向證人提問，檢察官一邊高聲回答「噢，不必，夠了」，一邊以見獵心喜的模樣朝我這邊看。這是多年來第一次，我有股想哭的愚蠢念頭，因爲我強烈地感受到這些人有多討厭我。

審判長徵詢陪審團和我方律師的提問意願後，接著聽取養老院門房的證詞——與其他證人無異，他也來了一遍作證前的儀式。門房站上證人席時瞄了我一眼，隨即撇開目光。他有問必答，指稱我不願意見媽媽最後一面、抽菸、守靈時睡著、還喝牛奶咖啡……似乎有什麼東西挑起了法庭內的情緒，我首度意識到自己有罪。

庭上請門房詳述牛奶咖啡和香菸的事。檢察官望著我，眼神透出一絲嘲諷。這時，我的律師問門房是否跟我一塊兒抽菸，檢察官從座位彈起抗議：「此人罪大惡極，面對鐵證如山，竟意圖藉由汙衊證人來削弱證詞，眞是卑鄙！」儘管如此，審判長仍要求門房回話，老人尷尬地承認：「我知道這樣不對，但莫梭先生主動遞了菸過來，我不敢拒絕。」

最後，審判長問我有沒有哪裡要補充，我答道：「完全沒有，他說得沒錯，菸確實是我提供的。」門房眼裡浮現些許驚訝和感激，他欲言又止，最後坦言牛奶咖啡是他拿給我的。我的律師得意洋洋，聲請陪審團參酌。檢察官則怒斥：「是的，先生們，陪審團當然會參酌，不過結論一定是——陌生人可以端來咖啡，但爲人子女，在賦予自己生命的遺體面前，理應拒絕。」詰問完畢，門房回座。

接著輪到湯瑪斯·裴赫，他在庭務員的攙扶下登上證人席。裴赫說他跟媽媽很熟，卻只見過我一次，正是葬禮當天。審判長問那天我做了什麼，他說：

「您知道，我難過得不能自已，所以什麼也沒注意到。悲慟令我視而不見，這對我是莫大的打擊，我甚至昏倒了。因此，沒空理會這位先生。」檢察官問那最起碼是否看到我哭，裴赫回答「沒看到」。這回輪到檢察官說：「先生們，請陪審團參酌。」我的律師怒氣沖沖，用一種我覺得很誇張的語氣反問裴赫先生是否沒看到我哭，裴赫回答「也沒看到」。眾人哄堂大笑。律師捲起一隻袖子，義正詞嚴地表示：「這個案子就是這樣。表面上沒問題，結果全是問題！」檢察官鐵青著臉，拿鉛筆點刺卷宗的標題。

律師利用暫停五分鐘的空檔，告訴我一切漸入佳境。之後，瑟雷斯特以辯方證人身分被傳喚——辯方，指的是我。瑟雷斯特不時地望向我，捲起巴拿馬帽拿在手上，身上那套新西裝，是過去有某幾個星期天他跟我一起去看賽馬時穿過的那套；但我不認爲他能加裝領子，因爲他那件襯衫只靠一顆銅扣扣著。他被問到我是不是他的顧客，他說「是的，也是朋友」；被問及對我的看法，他回答，我是個男子漢，至於這是什麼意思，他表示大家都知道其中的意思；再問，他是否注意到我沉默寡言，他說他只知道我無話可說時，就不開口。

檢察官問瑟雷斯特，我是否按時付餐費，瑟雷斯特笑稱「這是我們私下的協定」；當被問及如何看待我的罪行，只見他扶著證人席欄杆，看得出有備而來：「依我看，是厄運。大家都知道厄運的厲害，根本防不勝防。所以，我認爲就是厄運造成的。」他原想繼續，卻被審判長打斷說「可以了」，謝謝他作證。瑟雷斯特有點錯愕，表示還有話要說。庭上指示長話短說，結果他講來講去還是厄運，審判長因此回應他：「沒錯，當然是厄運，我們就是爲了審理這類厄運才會在這兒。多謝您了。」

瑟雷斯特已竭盡所能、仁至義盡，他轉向我，眼神發亮、嘴唇顫抖，像在問「還能爲我做些什麼」；我沒說話，也沒任何動作，卻是我人生頭一遭有親吻男人的衝動。審判長再次命令他離開證人席，瑟雷斯特走回旁聽席入座。接下來的審問過程，他一直待著，身體稍微前傾，雙肘頂著膝蓋，手持巴拿馬帽，聆聽全部的詰問內容。

輪到瑪莉進來，她戴了頂帽子，依舊美麗，但我比較喜歡她頭髮披放下來的樣子。從我的位置，能目測她輕巧雙乳的重量，還能看到那總是微翹的下唇。她似乎很緊張，審判長隨即問她是何時認識我的，她說以前在同公司上班；審判長想知道她跟我的關係，她說是朋友；而在另一個問題，則回答她是眞的想嫁給我。正在翻閱卷宗的檢察官突然問，瑪莉和我發生關係的日期；她據實以答，檢察官面無表情，指出那天似乎是媽媽葬禮的隔天。

然後，他略帶嘲諷地澄清並不想探究這微妙的情況，他很明白瑪莉的顧慮，但（這裡他特別加重語氣）——礙於職責，恐怕顧不得禮貌，因而要求瑪莉概述發生關係那天的經過。

瑪莉原本不想說，但在檢察官的堅持下，她才說出游泳、看電影，以及散場後回我家的事。檢察官表示，已依瑪莉在預審時的證詞，火速查證當天我倆的行程，他還請瑪莉親口說出看的是什麼電影。她說是費南代勒主演的電影，口氣沒有太大的情緒起伏；全場一聽，鴉雀無聲。

檢察官頓時起身，板著臉孔，聲調聽來異常激動，他指著我斬釘截鐵地道：「陪審團先生們，母親死亡隔天，此人去游泳，發生男女關係，看喜劇片哈哈大笑；我沒有別的要說了。」他坐下，現場依舊靜悄悄。瑪莉忽然嚎啕大哭，說不是那樣，還有其他的部分——她是被人刻意引導，說出與自己想法相左之言，她很了解我，相信我沒做壞事。庭務員在審判長的指示下帶她離開，庭訊則繼續進行。

接著是馬松，但幾乎沒人留心他的證詞。他表示，我很正直，進一步說，是個勇士。薩拉馬諾的證詞也同樣乏人問津，他憶起我對他的狗很好，關於我和媽媽的事，他回答我跟媽媽沒話講，才會送她去養老院。薩拉馬諾重申「可以理解，可以理解」，但似乎無人理解；而後，他也被帶走了。

再來輪到最後一位證人雷蒙。他輕輕朝我揮手致意，一上證人席便強調我是無辜的。審判長指出，法庭不問個人意見，只問事實，並請他有問再答。庭上要他詳述與被害人的關係，雷蒙順勢說明，是他打了被害人妹妹耳光，被害人才對他恨之入骨。但審判長只關心，被害人是否沒有怨恨我的理由；雷蒙解釋，我只是湊巧走上了沙灘。

檢察官又問，那封導致悲劇發生的信爲何出自我手，雷蒙仍回答「是巧合」；檢察官駁斥，此案有太多違背良心的罪行，正是拜這些巧合所賜。他反問雷蒙，甩情婦巴掌時，我沒介入是否因爲巧合；我上警察局替他作證是否算巧合，而我在證詞中宣稱出於好意，是否也純屬巧合。最後，他問雷蒙從事什麼工作，雷蒙回答「倉庫管理員」；惹得檢察官忙提醒陪審團，說該名證人是皮條客乃眾所皆知之事，而我居然是他的同夥兼好友。

換句話說，這樁悲劇已經慘絕人寰，而我跟這個喪心病狂的傢伙打交道，則讓一切更顯不堪。雷蒙急欲辯駁，我的律師也表達抗議，但審判長指示，先讓檢察官把話說完。

檢察官開口：「最後一點疑問，他是您的朋友嗎？」雷蒙說：「是，他是我的哥兒們。」檢察長也對我提出同樣的問題，我望著雷蒙，他沒有迴避我的目光，我答道：「是的。」這時，檢察官轉向陪審團宣告：「此男先於母親死亡隔天放浪形骸，再因微不足道的理由和莫名其妙的兄弟情義，出頭殺人。」

語畢，檢察官回到座位，我的律師則忍無可忍，高舉雙手咆哮，捲起的袖子因而滑落，露出襯衫漿過的摺痕：「他究竟是被控埋葬母親不力，還是殺人？」旁聽席傳出了笑聲。

只見檢察官再度起身，披上袍子，直指可敬的辯方律師大概太過天眞，無法體會前後兩件事之間存在著深刻、悲哀，以及本質上的關聯。檢察官聲嘶力竭地說：「沒錯，我控訴這個男人埋葬他母親時，心術不正！」如此的表態，似乎在人群中引起了熱烈迴響。

我的律師聳聳肩，擦掉前額的汗水，他好像有點亂了陣腳……我明白，情勢對我很不利。

今日庭訊結束，步出法院、準備上囚車的那短短幾分鐘，我感受到夏夜的氣息與色調。我累壞了，但在這座行駛中的昏暗監獄裡，彷彿越累越清醒，腦海接力浮現來自這座我心儀的城市、來自某個開心時刻的熟悉聲音——那是下班時刻報童的叫賣、廣場上最後一批鳥鳴、三明治攤販招呼顧客、電車行經城裡高處拐彎時的噪音，以及港邊入夜前的喧鬧；藉由這些入獄前再熟悉不過的聲音，我重建了一段看不見的路程。

沒錯，長久以來，那都是令我開心的時刻，那時等著我的總是適意而無寐的夢鄉；如今做了點調整，我回到牢房，等待明日到來。夏日裡那些熟悉的路線，彷彿既能帶我進入無瑕夢鄉，也能帶我走入監獄。

第4章

這些人也不問我意見，就準備決定我的命運。有時我很想打斷大家：「到底誰才是被告？被告才是重點，我有話要說！」但仔細想想，其實也無話可說。

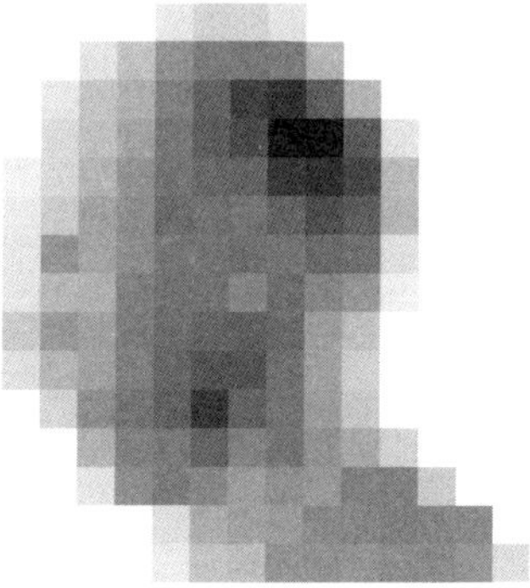

4

即便身在被告席，聽別人談論自己還是很有趣。檢察官和我方律師之間的攻防，可以說，大多數時間裡都在討論我這個人，或許比討論我的罪行還要久。那麼雙方攻防的差異爲何？律師高舉雙臂，宣稱即便有罪也應減刑；檢察官則攤開雙手，直指我有罪，而且罪無可赦。

但，我隱約覺得有什麼地方不太對勁。除了專心聽言詞辯論，偶爾我也想發言，卻被律師阻止：「麻煩保持緘默，對案子較有利。」就某種程度而言，他們處理這樁案件時似乎把我晾在一旁，從頭到尾我都不得其門而入——這些人也不問我意見，就準備決定我的命運。有時我很想打斷大家，說：「到底誰才是被告？被告才是重點，我有話要說！」但仔細想想，其實也無話可說。此外，我得承認，人們對一件事的興趣不會維持太久，像是檢察官的辯詞很快就讓我厭倦，後來讓我有印象或產生興趣的只剩下部分片段、手勢或長篇大論，但都很零星。

如果我沒弄錯，檢察官打從心底認爲我預謀殺人——至少，他試圖證明這一點。就像他自己所說：「陪審團先生們，我有證據，從兩個方向即可證實。首先，犯罪事實昭然若揭；再者，這名罪犯的內心世界，在我看來，隱晦黑暗。」他打從媽媽過世開始，扼要敘述了之後發生的事，提起我的無動於衷、不知道媽媽的年紀、隔天還去海邊戲水、跟女人約會、看電影、費南代勒，以及最後帶了瑪莉回家。這裡，我花了一點時間才聽懂，因爲他使用「情婦」這個字眼，但對我來說，她不過就是「瑪莉」。

接下來，進入雷蒙的事件。我發現檢察官看事情的方式十分精闢，推論頗爲合情合理。他提及我跟雷蒙串通寫信，誘使雷蒙的情婦前來，好讓她被這個「品行可議」的男子虐待；而我在沙灘上挑釁雷蒙的死對頭，雷蒙受傷之後，我向他要來手槍，獨自回到案發地點打算自己動手，並按照計畫槍殺了阿拉伯人；開完第一槍，甚至還等待著，「爲確保計畫無誤」，後來又補了四槍，從容不迫、不拖泥帶水，可說是深思熟慮後的行動。

檢察官說：「好了，陪審團先生們，我已經爲各位重新描繪了導致被告殺人的前因後果。被告有強烈的殺人動機，而我之所以特別強調這一點，是因為這並非一般的謀殺案，不屬於可用『一時衝動』這種理由就考慮從輕量刑的犯罪。各位，被告是個聰明人，你們不是都聽過他的答辯嗎？他知道如何回答、擅長文字遊戲，所以，稱他犯案時不知道自己在做什麼，是說不過去的。」

聽到他們說我聰明——我不太懂，為何這對普通人來說是優點，放到罪犯身上卻成了千斤之累。我為此驚訝了好一會兒，以致沒仔細聽檢察官之後的發言，直到他說：「被告曾表達過任何悔意嗎？從來沒有。陪審團先生們，在審訊過程中，這個男人不曾懊悔自己犯下滔天大罪，連一次也沒有。」這時，他轉向被告席，指著我繼續罵，我實在不太明白他何必這樣。

或許，我不得不承認他有理，對自己的行為也不怎麼感到後悔，但他這麼激動真是嚇到我了。我願意誠心誠意、甚至友善地向他解釋，我從未真正為什麼事情感到後悔，因為我總是專注在當下、今天或明天的事；當然，以我目前的處境，根本無法用這種口氣說話，我已失去表達情緒的權利，也不配擁有善意的對待。

我耐著性子聽下去，因為檢察官正準備探討我的靈魂。

他說，陪審團先生們，他試著了解我的靈魂，卻一無所獲，因此他的結論是——我沒有靈魂，不具人性；任何助人、秉持人性的道德準則，在我身上都起不了作用。他解釋：「或許，我們不該怪他。即便他不知如何獲取自身缺乏的東西，也輪不到我們抱怨。但來到法庭，『寬容』這種美德無濟於事，應轉由較嚴謹、更崇高的『公平正義』主導。尤其，當我們發現像被告這種心靈如此匱乏之人，恐將造成社會崩壞的深淵。」

接著，他談到我對媽媽的態度，除了重述詰問時的論點，甚至花費了極長的時間分析我的罪行。長篇大論到後來，我只對早晨的炎熱還有感覺，並直到他稍做停頓，我才回過神來。

沉默片刻後，他以非常低沉、具渲染力的聲音說：「陪審團先生們，這個法庭，明天將審理十惡不赦的重罪——弒父案。」他表示無法想像這種殘忍的暴行，他大膽期許人類的司法能予嚴懲，決不寬貸。但不可諱言的是，弒父罪帶給他的憎惡，卻不及他對我這種無動於衷之情的憎惡——他一直認為，在精神上殺害母親和親手殺害父親的人，同樣為社會所不容。

無論如何，此案是下一庭弒父案的暖身，他可說將兩者相提並論，甚至提出了辯證。檢察官提高音量：「諸位先生，我堅信，如果我說這個坐在被告席的男人，與明日在此庭審訊的謀殺犯一樣有罪，相信各位不致認為我的想法過於輕率；因此，他應該受到懲罰。」話說至此，檢察官擦掉臉上剔透的汗珠，最後說自己的工作吃力不討好，但他一定會盡忠職守、善盡職責。

檢察官表示，我與社會脫節，連基本的社會規範都不認同，亦對人心嗤之以鼻，不懂人心起碼該有的反應。「我請求各位對此人處以死刑。做出這樣的要求，我的心情很平靜。即便我曾在漫長的職業生涯中提過無數次死刑的請求，卻從未像今日這般體悟，那就是——我之所以能在這份艱難的差事中感到好過、取得平衡以及光明，正是因爲總憑著良知下達強勢而神聖的命令，而且也因爲這張只寫著『殘忍』的臉孔所帶給我的憎惡。」

當檢察官回座後，全場靜默許久，我則被熱氣和訝異弄得頭昏眼花。

審判長清了清喉嚨，低聲問我是否要補充；我正想動動嘴巴，因此站起來，隨口說「我不想殺阿拉伯人」。審判長回應，這段陳述將列入考慮，但到目前爲止他仍摸不清我的辯護策略，他很高興能在我的律師結辯之前，先請我詳述犯案動機，我脫口而出說「都是太陽害的」，還有點口齒不清，也立刻知道自己鬧了笑話。場邊傳出了笑聲，我的律師聳聳肩，輪到他發言了，他卻表示時間已晚——由於他將花上數個小時進行結辯，因此要求延至下午再繼續。審判長同意了。

下午，大風扇如常攪動著法庭內黏膩的空氣，陪審員手中五顏六色的小扇子揮動方向一致。我的律師辯護起來似乎沒完沒了，只有某次他說「沒錯，我殺了人」時引起了我的注意；之後即維持一貫方式，凡提到「我」，他即採第一人稱。我十分訝異，於是傾身問法警這是爲何，他叫我閉嘴，半晌才丟出一句：「每個律師都是這麼做的。」我認爲，這等同於再次將我抽離案件，將我的存在縮減至零，就某種層面而言——我被取代了；不過，我認爲法庭早就離我很遠了。

此外，我的律師看起來也很可笑。輪到他辯護時，竟快速帶過挑釁橋段，而後學起檢察官談論我的靈魂，但表現又不比檢察官高明。他說：「我也曾經傾身靠近這個靈魂，但與檢察院高貴的長官相反，我不但找到了什麼，甚至可說讀了一本無所隱瞞的書。」他讀出我很正直，是個敬業、吃苦耐勞、忠於公司的員工，人緣極佳，對他人的苦難感同身受。在他的眼裡，我是個模範兒子，盡可能長久地照顧母親；最後，因能力有限，才冀望養老院能給老太太舒適的生活。「陪審團先生們，我很驚訝養老院一事竟然引發這麼多討論。畢竟，這些機構都受到了國家資助，足以證明它們存在的價值及重要性。」但他沒提葬禮的事，似乎顯得不太完整。

這些日子以來，冗長的言詞辯論，和對我靈魂的無止盡討論，都彷彿一窪平淡的死水——待久了，著實令人發暈。

最後，我只記得律師仍然說個沒完；其間，冰淇淋小販的喇叭聲，從馬路傳進法庭，滿室可聞，包括我坐的位置在內。腦海開始湧現那些不再屬於我的生活記憶，其中有著最平凡、卻最難忘懷的歡樂回憶——夏天的味道、喜愛的社區、某個夜晚的天空、瑪莉的笑聲和洋裝；相較之下，我身在此處所做的事毫無意義，令人作嘔，現在只求審訊趕快結束，好讓我回牢房睡覺。

剛才似乎聽到律師慷慨激昂地作結，強調陪審團必定不願將一時誤入歧途的老實上班族判死，我已爲此罪自責煎熬，他請求從輕量刑；畢竟，對我最好的懲罰，便是一輩子活在內疚之中。庭訊告一段落，稍事暫停，律師坐回椅子，看來精疲力盡，但他的同事們仍過來向他握手致意，我聽到有人說「太精彩了，老兄」，其中一位甚至要我附和：「對吧？」我表示贊同，不過並不是很認眞地稱讚，因爲我眞的太累了。

外頭已近傍晚時分，天氣沒那麼熱了。憑著馬路上傳來的某些聲音，我猜測舒適的夜晚就要降臨。大夥兒都留在原處等待，等待只不過關係著我這人的結果。我再度環顧法庭，一切與首日無異。我的目光對上了灰衣記者和女木偶，這讓我想起，整場審判過程中都沒看瑪莉坐在哪兒，倒不是忘了她，而是有太多事情要做。這會兒，我看見她坐在瑟雷斯特和雷蒙的中間，她輕輕朝我揮手，像是說「終於看過來了」，她略帶焦慮的臉龐露出微笑，但我覺得自己的心已然封閉，甚至無法回應她的笑容。

審訊恢復，有人很快唸了一連串問題給陪審團聽，我聽見「謀殺罪」、「預謀」、「從輕量刑」等詞彙。接著陪審團離席，我被帶回之前等待開庭的小房間。我的律師過來找我，喋喋不休，態度更加自信眞誠，過去與我交談時從沒這樣。他認爲事情很順利，我只要關個幾年或服些苦役就能脫身。

我問，萬一判決結果對我不利，是否有機會撤銷。他說，沒辦法，而且爲了避免讓陪審團不高興，他的策略就是不提呈被告的意見；並且向我解釋，這種案子一經宣判，就不可能推翻判決。聽起來理所當然，我被說服了。若靜下心思考這整件事，便會發現如此安排確實再自然不過，否則只是徒增更多無用的文書往來。我的律師開口：「無論如何，還是可以上訴。不過，我相信今日的結果將對我們有利。」

我們等了很久，我想應該有四十五鐘。終於，響鈴了，我的律師走出小房間時，說：「陪審團主席會先宣讀審判書，等唸到判決結果時，才會讓您入庭。」關門聲乒乓作響，樓梯間傳來人們奔跑的腳步聲，但無從判別他們距離我遠或近，接著法庭內揚起低沉的朗讀聲。

當鈴聲再度響起，等候室的門開了，法庭的沉默朝我襲來；除了靜默，還有一種特殊的氣氛，我發現，那位年輕記者已撇開目光。我還來不及看向瑪莉，便聽到審判長用怪異的方式陳述——「**依法蘭西民族之名，將在廣場對我處以斬首**」。我想，我讀懂大家臉上表情的意思了，想必是種致意吧。法警對我非常客氣，律師拍拍我的手腕，我腦中一片空白，但當審判長問我有沒有事項要補充時，我仍舊認眞想了一下，才回答「沒有」，於是我被帶離法庭。

第 5 章

沒錯，我只有這些，不過至少我掌握真實，真實也掌握我。以前我是對的，現在我還是對，而且會一直對下去。

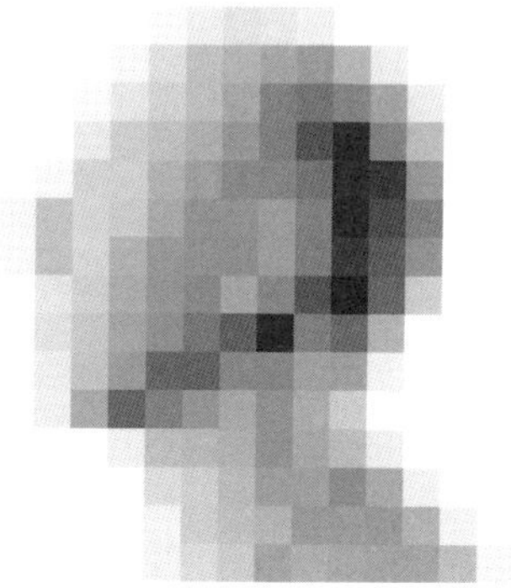

5

這是我第三次拒絕牧師前來。我沒話對他說，也不想說，反正很快就要見面了。現在我感興趣的是，如何逃脫行刑機器，以及是否還有翻盤的可能。

我換了牢房，新的牢房躺下時可看見天空，但，也只有天空可看。我每天就這麼盯著暮色變化，從白晝到黑夜，一天度過一天。我躺著，雙手枕在腦後，等待著什麼。我不知問了自己多少次——是否曾有死刑犯逃過砍人不眨眼的機器、在行刑前消失或突破警戒線脫身的前例。

我很懊惱以前從未多留意死刑的報導，沒事就該多注意這些問題，因爲誰也說不準何時會碰上。我跟大家一樣，頂多讀讀報紙的評論報導，但一定還有其他專門的論述，只是從來不覺得好奇想查閱，否則或許能找到越獄的文章，至少讓我知道這一切可以停止。事情演變至今應無轉圜餘地，我只求一次巧合與好運，有些事便將從此不一樣，一次就好！就某種程度而言，我相信一次就夠了，剩下的我自己會想辦法。報紙經常說，罪犯虧欠社會，認爲接下來自然是順利伏法，卻從未假想過其他的可能，像是越獄——包括在躲不掉的行刑儀式前突然逃脫，發足狂奔，跑越快，機會越多，希望越大。當然，這份希望或許在街角就會中彈，儘管拚了命地跑，畢竟子彈是用飛的。然而仔細想想，這種千載難逢的機會根本不可能在我身上發生，我會被五花大綁，重新送到行刑機器面前。

我做人再好，也無法接受這種蠻橫的結果——從判決確立到宣布判決的一連串發展簡直荒謬得站不住腳，像是一直等到晚上八點而非下午五點即宣判、判決也有可能出現其他的結果、做出判決的是一群換了裝的傢伙，以及採用「依法蘭西民族之名」（或德國、中國之類）如此不精確的概念……我覺得是這些因素讓判決很大程度上失去了正當性。但我不得不承認，打從判決確定那一刻起，法律賦予它的效力明確且不容置疑，就像眼前這道長牆，幾乎要壓垮我的身軀。

這些時候，我憶起媽媽提過關於父親的故事。我沒見過父親，對這男人最熟知的事蹟，大概是媽媽說——他去看了某個殺人犯的處決。光想到去現場已經令他渾身不對勁，但他還是去了，回來之後吐了大半個上午。當時一聽，父親的行徑讓我有點倒胃口，但現在我懂了，那是人之常情。

我居然沒意識到，沒有什麼事會比觀看執行死刑更重大；畢竟，對一個人來說，那是唯一眞正有趣的事情。若能出獄，我一定要看遍所有的行刑，如此設想，坦白說，很不應該——儘管只要想到「某個清晨，能夠以觀眾身分前往，自由地站在警戒線後方或對面，看完之後再大吐特吐」，心頭便湧上一陣幸災樂禍。但其實這麼想並不合常理，任由自己幻想這情境實在不對，因爲過沒多久我便渾身發抖，冷得躲進棉被縮成一團，牙齒咯啦咯啦地不停打顫。

然而，當然不可能萬事都合乎常理。像是有時候，我會試著草擬法條，重訂刑罰，並特別指出給犯人機會才是重點，千分之一即可，很多爭議便解決了。因此我覺得，應該找來某種在服用後有十分之九致死率的化合物，並事先讓「病人」（我認爲應該這麼稱呼）知悉藥物的特性。因爲經過深入分析、冷靜思考，我發現斷頭鍘刀有個缺點，那就是不具任何僥倖的機會，完全沒有；總之，只需一下，病人必死無疑。案子定讞、處決辦法已定、共識成立，就不會發生重審的問題。偶爾萬一沒砍好，就再砍一次；於是，說來也很弔詭，死刑犯反而希望行刑機器運作正常。某方面而言，沒錯，這方法確實有不完善之處，但從另一個角度看，我得承認此機制妙也妙在這一點；換句話說，死刑犯被迫乖乖合作，畢竟機器運轉順暢，他會比較好過。

而且我還發現，直到現在，我對這些疑問的解讀仍不正確。不知爲何，我一直以爲得先爬梯，登上斷頭臺，才能來到鍘刀前……大概是受了一七八九年大革命的影響；我的意思是，我所受的教育以及接收到的相關訊息，都是那樣。但某天早晨，我想起報紙曾刊登某樁轟動一時的刑案處決照片，顯示斷頭臺根本直接擺在地上，是天底下最簡單的裝置，甚至比我想像的窄很多。我竟然那麼晚才發現，眞是太奇怪了，而且相片中的機器做工精細、完美、閃閃發光，讓人驚豔。

人們對於自己陌生的事物總有些誇張的想法，但事實往往非常單純，像是行刑機器與走向它的人其實位於同樣的高度，因此只要假設自己是像靠近另一個人那樣，靠近那臺機器即可……但這樣滿無聊的，畢竟，爬上斷頭臺，懸在半空中，這麼想比較扣人心弦。然而還是得說，機器終究會壓碎一切，行刑者必將審慎地達成處決任務，死刑犯雖然有點丟臉，至少不用擔心行刑過程馬虎隨便。

我始終放在心上的還有黎明和上訴二事，但已盡量克制，試著不再多想。我會躺著望向天空，強迫自己把注意力放在蒼穹——通常天色轉青，夜晚也就來了；同時也盡量轉移自己的思緒，像是傾聽心跳，設想這長久以來陪伴我的聲音永遠別停。我從來沒有過像樣的想像力，卻仍試著幻想腦海中不再出現心跳聲的時刻。不過，徒勞無功，關於黎明或上訴的念頭依舊存在，最後只能勸自己，最明智的作法，就是別再強迫自己。

我知道他們會在黎明時過來，故索性每晚不睡，靜候「這個」黎明出現。我向來對驚喜沒好感，若即將發生什麼事，我寧願自己是準備好的；因此，我頂多白天小睡一下，接著整晚耐心等待天窗泛起曙光。其間最難熬的，便是我很清楚他們慣常執行任務的那個鐘頭——午夜一過，便繃緊神經等待，我的耳朵頭一次接收這麼多聲音、辨識如此細微的聲響；話說回來，我得說，這段期間，自己某方面的運氣很好，至少從未聽聞腳步聲響起。

媽媽常說沒有人會倒楣一輩子；每次只要天光乍現，新的一天又溜進牢房，我便十分贊同她的說法。畢竟，我很可能會因腳步聲而嚇破膽，再小的聲音都能讓我衝到門邊，耳朵緊貼木門，不顧一切地等待，直到只聞自己刺耳如狗兒般粗聲粗氣的驚恐呼吸聲……當下，我的心不僅不會跳出來，還會慶幸又賺到二十四小時。

此外，我每天也會想想上訴的事，努力獲取最有用的心得——我細數自己握有的籌碼，歸納出效益最大的方式。我總是假設最壞的情況，那就是上訴被駁回，若眞如此，那我就死定了，顯然會比其他人早升天。但大家都知道，只顧活命的人生沒什麼價值，其實，究竟是三十歲死或七十歲死，我不覺得太重要，因爲無論幾歲死，其他男男女女仍舊活得好好的，數千年來都是如此。總之，這點再清楚不過，無論是現在或二十年後，會死的終究是我。此刻我比較困擾的是，一想到還得活二十年，居然立刻冒出糟糕的感覺；但我只需催眠自己，等到二十年後若仍需考慮這些，再想也不遲，於是就不覺得那麼糟了。無庸置疑，人只要一死，死法和死期根本不重要，「因此」，我應該接受上訴被駁回的事實；但，難就難在如何無視於每個「因此」所帶出的結論。

此時、唯有等到此時，我才能夠、也才願意允許自己換個方式，接著思索萬一獲得減刑的應對方式。麻煩的是，該如何克制激動的情緒，因爲屆時我必定熱血沸騰、手舞足蹈、眼神滿是欣喜若狂。我得拚命忍住尖叫，以冷靜的態度面對，維持一貫的平常心，如此對照我在上訴遭駁回時的逆來順受之情，才不致落差太大。如此一來，一旦成功，接下來的那個小時我大概就能平靜地度過，這點還是該納入考量。

同一時間，我再度拒絕與牧師會面。我躺著，隨著天空轉爲金黃色，猜測夏夜即將降臨。我剛駁回自己的上訴①，感覺到血液汩汩地在體內規律流動。我不需要見牧師，卻想起了瑪莉，好久以來第一次想起她，她也好久沒再寫信給我了。這晚，經過認眞思索，我告訴自己，或許她已經厭倦當死刑犯的情婦，也許病了或死了，都有可能；這些事我不得而知。畢竟現在我倆身軀相隔兩地，彼此之間缺乏聯繫，沒事也不會想起對方。況且此時此刻，想不想瑪莉，對我而言已經無所謂；萬一她死了，更用不著對她感興趣。這很正常，因爲我很清楚在我死後，人們也會忘了我，他們不會再爲我多做什麼；甚至可以說，即便心知肚明會有這種結果，也沒什麼好難受的。

這時，牧師突然進來了。一見到他，我不禁打了個小小的冷顫。他見狀，要我別害怕。我問他，通常不是都另一個時段才來嗎；他回答，這純粹是善意的探訪，與上訴無關，他也不清楚此事。他坐在床上，請我坐他旁邊，我拒絕了，但他臉上表情仍舊溫和親切。他坐了一會兒，前臂擱在膝蓋上，低頭盯著雙手。那雙手纖細而厚實，不禁讓人聯想成兩隻敏捷的小動物。他慢慢地摩擦雙手，繼續低著頭坐了好半晌，我甚至一度忘記他的存在。

然後，他突然抬頭直視著我，問：「您爲什麼一再拒絕我的探訪？」我回答：「因爲我不相信上帝。」他想知道我怎能如此篤定，我說我不問自己這種問題，因爲不重要。於是他身體往後，背靠牆壁，雙手貼著大腿——這姿態幾乎看不出是在跟我說話。他說，有時候人們自以爲肯定之事，其實不見得如此；我不置可否。他又看著我，問：「您覺得呢？」我說：「是有可能。」畢竟，我或許不確定自己對什麼眞正感興趣，但我很確定對什麼不感興趣，而且他跟我討論的事，正好是我沒興趣的。

他移開目光，但姿勢沒變，接著問我：「是否因爲太過絕望，才會這麼說」。我澄清，自己並不絕望，只是害怕，這是人之常情。他強調：「那麼，上帝會幫助您，我認識的每一位與您處境相同的人，最終都回歸上帝的懷抱。」我承認，那是他們的權利，那表示他們願意付出時間；至於我，我不需要人幫，更何況我也沒有多餘時間爲我不感興趣的事培養興趣。

這時，他不耐煩地揮揮手，坐直身子，整理牧師袍的皺褶。整裝完畢，他再度開口，還以「我的朋友」相稱。他說，之所以提這些，並非因爲我是死刑犯；在他看來，我們都是死刑犯。我隨即插嘴表示：「這是兩回事，而且你這麼說也不具備任何安慰效果。」他同意：「確實是如此，但即便今天沒死，之後也可能死，問題還是存在。您打算如何面對這可怕的考驗？」我回答，就跟我現在的作法一樣——正視這個問題。

①這個駁回上訴的動作確實是莫梭自己所為，是來自於他的想像，和前面兩段他想像上訴被駁回、想像如果獲得減刑會很興奮一樣。（譯注）

聽到這兒，他起身，直視我的雙眼；這遊戲我熟得很，我經常跟艾曼努或瑟雷斯特玩得不亦樂乎，最後通常是他們先移開視線。我一看就知道牧師也是箇中好手，因爲他眼神堅定，說話聲音也很沉穩：「您難道不抱任何希望，想要整天活在『死了也罷』的想法裡嗎？」我答：「對。」

於是他又坐下，低著頭，對我表達同情，並認爲人不可能受得了這種想法；我只覺得，他開始令我厭煩。這次，換我轉身走向天窗下方，肩靠著牆壁。我沒仔細聽他說些什麼，只知道他又開始發問，語氣充滿擔憂和焦躁。我看他這麼激動，才稍微專心一點聽。

他堅信我能上訴成功，但仍需卸除身上背負的沉重罪孽；他認爲，人類的審判不算什麼，上帝的審判才代表一切。我指出，是「人類」定我的罪；他回答，那麼便無法洗清我的罪孽。我說，我不知道什麼罪孽，大家只告訴我，我是個罪犯，我犯罪，也付出代價，不能再對我要求更多了。

這時，他又站了起來；我想，牢房這麼窄，他想移動也無處可去，只好一會兒坐，一會兒站。我盯著地上，他朝我走近一步，然後停下，似乎不敢再上前。他望向鐵窗外的天空，說：「孩子，您錯了，還可以要求更多的，或許以後就會對您要求了。」我問：「要求什麼？」他答：「可能會要求您看。」我又問：「看什麼？」牧師環顧四周。我突然覺得，他的聲調變得極爲疲憊：「這裡的每塊牆石都流著痛苦的汗水，我很清楚，因爲每次看到都覺得難受。但我內心深處明白，您們之中最卑劣的那群人，也能從黑暗的牆面看見那張神聖的面容，我們就是要求您去發覺這張臉。」

我有點被激怒，強調我看了這些牆好幾個月，上頭並未出現任何讓我比較熟悉的人像。或許很久以前，我曾試著找尋某張臉龐，但那張臉有著陽光般的神彩以及慾望的火焰，那是——瑪莉的臉；然而，我什麼也沒找到，現在，我完全放棄了。總之，我不曾在石牆的汗裡發覺浮現過什麼。

牧師用一種悲傷的眼神看著我，我已整個人貼著牆，日光灑落我的額頭。他又說了些話，但我沒注意聽，接著很快詢問「是否能擁抱我」，我拒絕，說「不行」。他轉身走近牆，緩緩撫摸牆面，喃喃道：「您就這麼熱愛俗世？」我沒有回答。

他背對了我好久，他的存在令我備感壓力，心情大受影響。正準備開口請他離開、讓我一個人靜一靜時，他突然回頭放聲大吼：「不，我不相信您的話，我確信您一定期待過來世。」我回答，那當然，雖然不比期望變有錢、游泳游得更快或擁有更完美的嘴型來得重要，但都算同一類的事。他卻不讓我說下去，只想知道我對「來世」的看法。於是，我也大聲了起來：「來世，必須能讓我憶起這輩子。」同時告訴他，我受夠了。

他還想跟我聊上帝，我只好走向他，試著再解釋一次——我剩下的時間不多，不想浪費時間在上帝身上。他企圖轉移話題，問我爲什麼稱他「先生」而非「神父」。這句話惹火了我，我回答他，儘管去跟其他人同在，但他可不是我父親②。他把手搭在我的肩上：「不，我的孩子，我也與您同在，只是您的心被矇蔽了，所以不知道。我會爲您祈禱的。」這下子，不知爲何，我似乎被某種東西徹底引爆，扯開喉嚨破口大罵，叫他不要爲我祈禱！我抓住他身上長袍的領子，將內心深處喜怒交織的澎湃情緒全都宣洩了出來——

他不是一副成竹在胸的樣子嗎？可惜，再自信也比不上一根女人的頭髮，他活得像行屍走肉，甚至不確定自己是否還活著。而我，表面上兩手空空，但對自己很確定，對一切很確定，對自己的人生和即將到來的死亡很確定，比他確定多了。沒錯，我只有這些，不過至少我掌握眞實，眞實也掌握我。以前我是對的，現在我還是對，而且會一直對下去。我可以這麼活，也可以那麼活，我可以選擇做這個而不做那個，也可以不做那事而做這事。然後呢？就像我總是等著此刻，等著被證明無罪的黎明；那都不重要，沒有什麼是重要的，我很清楚原因，他也很清楚。

我這輩子，過得荒謬，彷彿有股來自遙遠未來晦暗的風，從我尚未經歷的歲月穿越而來，襲向我，沿路將我還沒體驗過的未來變得單調而普通，以致這幾年活得很不眞實——別人的死、母親的愛，與我無關；上帝、他人選擇的生活、選擇的命運，也與我無關。大概，是我自身吸引了這種特殊的命運找上門，這命運同時也會找上另外數十億像他這般自稱「我兄弟」的幸運兒。

所以，他到底懂了沒？每個人都是幸運兒，這世上也只有幸運兒。其他人遲早會被判刑，他也不例外。

那麼，一個被控謀殺的被告，最後卻因爲沒在母親過世下葬時哭泣而遭處決，又有什麼關係呢？薩拉馬諾的狗，跟他的妻子同樣重要。那位嬌小的女木偶，和馬松娶的巴黎女人，或是想嫁給我的瑪莉，同樣有罪。雷蒙是我的哥兒們，比他好多了的瑟雷斯特也是，又怎樣呢？瑪莉今天爲另一個莫梭獻上朱唇，那又如何？所以，這死刑犯弄懂了嗎？還有從遙遠的未來……

我從頭吼到尾，上氣不接下氣。這時，有人把我從牧師身上拉開，獄卒也

②法文裡的「父親」與「神父」，同樣都是père。（譯注）

出聲警告。反倒是牧師安撫他們，然後靜靜看著我一會兒，熱淚盈眶，最後才轉身離去。

他走後，我重拾平靜，精疲力竭地仆倒在床。我想自己是睡著了，因爲醒來時，滿天繁星，田野傳來各種聲音。夜晚、泥土和海鹽的氣味，令我清醒。萬籟俱寂的夏夜，有種美好的靜謐，像潮汐般浸透我的身體。此刻，長夜將盡，汽笛聲此起彼落，宣告即將啓程前往一個如今對我再也不重要的世界。

許久以來，我頭一次想起媽媽，似乎能理解她爲何選擇在生命的尾聲找一個「未婚夫」，爲何她想假裝能夠重新開始。那個地方，養老院裡，是風燭殘年的生活，那附近一到夜晚便彷彿畫上憂鬱的休止符；如此接近死亡，媽媽應該很想解脫，準備重活一次。沒有人，沒有人有權爲她哭泣，而我跟她一樣，準備重活一次。

那場暴怒彷彿洗滌了我的苦痛，我已無所求。今晚，滿天星斗，每顆星都藏著深意，我第一次對這世界無害的冷漠敞開心胸，發現，這份冷漠多麼像我，根本宛如手足。我曾覺得自己很幸福，現在還是。爲了使一切圓滿，爲了不讓自己覺得太孤獨，我只盼望受刑當日有許多觀眾，並以厭惡的謾罵迎接我進場。

哲學導讀（※本文提及書中諸多重要情節，建議讀者先讀畢小說，再細細品味此賞析。）

《異鄉人》與存在主義

文／姜文斌
東海大學哲學系助理教授
法國巴黎東大學哲學博士

「不，我不是存在主義者。」——卡繆（Albert Camus）

一般而言，「存在主義」可區分成兩種形態——一是以齊克果（Søren Aabye Kierkegaard）、雅斯培（Karl Theodor Jaspers）爲代表的具有「宗教意涵」的存在主義；二是以胡塞爾（Edmund Gustav Albrecht Husserl）、海德格

（Martin Heidegger）以及沙特（Jean-Paul Sartre）爲代表的「無神論」存在主義。在這樣的分類下，卡繆的哲學思想被歸到了無神論存在主義這一陣營中。

事實上，對於出現在第二次世界大戰後歷史舞臺上的存在主義思潮，哲學學者白瑞德（William Barrett）於《非理性的人》（Irrational Man）一書中強調，它並非一種時髦的玩意兒，也不只是二次大戰後的哲學情緒。存在主義，是現代歷史主流中人類思想的一項重大運動，其源頭可追溯自整個歐洲文明的開頭——它，遵循了蘇格拉底在哲學探求中對「認識你自己」的要求。儘管如此，上個世紀五、六〇年代流行於歐美間的存在主義思潮，在某種意義上卻也是對哲學的反叛，一種對之前哲學觀的批判，一種反對哲學的哲學。那麼，究竟什麼是存在主義？

何謂存在主義？存有之學？

自古希臘以來，哲學做爲一門存有之學（Ontology），探究的自然是有關「存有」（Being）的問題。然而在哲學史上，「存有」做爲哲學對這個世界背後眞實基礎的探究對象，主要或者呈現爲某種全稱的、抽象的存在，或者是以一個抽象的主體來表現。某種意義上我們可以說，哲學的終極目的，就是要解釋這個所謂的「存有」指的究竟爲何？

哲學發展了兩千多年，這個做爲眞實基礎的「存有」對象，是隨時代演進而有所轉變的——古希臘時代，強調的是做爲客體的「存有」。到了中世紀，則將「存有」與上帝進行連結，因而成爲神學統治思想的時代。至於近代哲學，則轉從主體認識論的面向來看待「存有」的問題；但即便回到做爲主體的人身上，近代哲學對人的「存有」認識與探求，也往往超越了現象。

來到當代，胡塞爾的「現象學」首開將哲學探討回歸「現象」的思潮，強調人的所有思考與推論都來自現象。也正因爲如此，存在主義對「人」的探究，脫離了傳統哲學中抽象而普遍的「存有」（Being），而轉到現象之下具體實在之人的「存在」（existence）。換言之，前面所提「存在主義，是一種反對哲學的思潮」，正是就這個面向而言。

不過，存在主義之所以也是一種哲學，乃在於它想建構出一種新的眞理標準，讓人與「存有」的關係，不再是一種旁觀者與他所認識對象之間的關係，而是與一個活著的人有關的一切存在，換言之，是一個活著的人與他現實生活中所關聯的萬事萬物之間的關係。

「荒謬三部曲」，卡繆為解讀人類而作

那麼，我們又該如何理解卡繆與存在主義之間的關係？他在《異鄉人》（L'Étranger）一書中所要表達的，又是什麼樣的思想？本文一開始的引言，表明了卡繆並不認爲自己是存在主義者。儘管卡繆有這番宣告，卻無法就此切斷他與存在主義之間的關聯。

卡繆不能算是一個純粹的哲學家，他也曾明確宣稱自己不是一位哲學家。對卡繆而言，相較於「傳統上，哲學訴諸理性，以期建構出世界的理論體系」這件事，他更感興趣的是對行動的探討，尤其是對如何眞正去活著的探討。卡繆之所以否認自己是存在主義者，在於他排斥自身的思想陷入所謂的理論體系當中。

但在相同的世界現實與社會問題底下，卡繆與同時代的沙特、西蒙・波娃（Simone de Beauvoir）之間的差異只在於——他們以不同的方式，宣傳著同樣的思想。他們面對的時代，是同一個世界性戰爭所帶來的全面性破壞，戰爭不僅摧毀了歐洲人原本對人類文明科技樂觀進步的信仰，也帶來了對生命無常的震撼與反省。

卡繆生於第一次世界大戰的前一年，第二次世界大戰則在他二十六歲那年

爆發。戰爭帶來的瘋狂荒誕，成了卡繆進行哲學思考時背後的重要底蘊；而「荒謬」（Absurde），則成了卡繆解讀人類問題時的重要觀念所在。卡繆最早的第一個系列作品無不圍繞著「荒謬」這一主題而發，並分別以戲劇（《卡利古拉》與《誤會》）、小說（《異鄉人》），和哲學文集（《薛西弗斯的神話》）呈現，也就是所謂的「荒謬三部曲」。

人難免一死，哲學領我們追求「不朽」

那麼，何謂「荒謬」？所謂的荒謬，是指人在活動領域中，期望與體驗之間的落差；而「死亡」，則是卡繆「荒謬」概念底下的核心要素之一。

古希臘人認爲，人與神之間最大的差別在於——一個會死，另一個則不朽；這便是爲什麼亞里斯多德說：「如果理智對人來說是神，那麼，合於理智的生活相對於人的生活來說，便是神的生活。不要相信這樣的話，做爲人就要想人的事情，做爲死的東西就要去想死的事情，並且要竭盡全力爭取不朽。」換言之，某種意義上，哲學在於使人追求不朽。而繼古希臘哲學而起的基督教哲學，更是強調人對來世永生的追求。

但在卡繆看來，死亡是任何人都無法避免的命運，而人卻要在這之上加諸各種各樣的價值追求，賦予各種希望與意義……這，無疑是造成人的生活變得荒謬、無意義的主要原因。

在理性，以及對希望、對價值的追求之下，人要求對這個世界進行理性解釋，以達致明確統一的認識；並要求在一個和諧且充滿希望的世界中，幸福地生活；也要求人在世界上的生活，必須擁有和平、正義與自由。問題是，現實世界卻一團混亂，充滿著非理性的事物，充滿著戰爭與屠殺。正是在比較了理性所要求建構的理想世界和現實世界後，所產生的矛盾對立，使我們感到荒謬！

你是「異鄉人」嗎，誰又該被誰審判

在《異鄉人》這部小說中，主角莫梭由於對生活、對未來沒有特別的目標，因此不受目標的束縛；他不信上帝，因此也不是上帝的奴僕——他，是一個對世界不抱任何幻想與希望的自由人。某種意義上，他是確確實實生活在現實當下的「眞誠」之人。然而，這樣一個「眞誠」之人對世界所表現出的超然態度，卻讓他在這個世界、在所處的社會，像一個局外人，一個「異鄉人」。

卡繆在小說中，透過將主角莫梭放在「母親過世與犯下殺人罪」這種終極情境中所顯露出的荒謬，來引導我們思考。思考什麼呢？如果，我們覺得莫梭殺人是一件荒謬的事，那是我們從自己的理性建構出的一種價值判斷出發，所進行的論斷。但對卡繆而言，眞正荒謬的，是認爲「莫梭很荒謬」的那一整套構成所謂完整意義的價值判斷體系！

《異鄉人》的第二部分，描繪莫梭因犯下殺人罪而遭到法律審判，但實際上，對主角的審判早已開始。卡繆在小說的第一部分，敘述莫梭的母親過世時，他表現出的反應，以及其他人如何看待他的反應……這背後所透顯的，已然代表一般人對他進行的道德審判。但，如果我們深究整個故事背後的意義，便會發現，表面上看起來是對莫梭的審判，但骨子裡也是卡繆對我們這個世界的審判。那麼，如何回應卡繆對我們這個世界的審判，便成了我輩必須面對的課題。

儘管某種意義上，存在主義的思潮已成過去，但經典之所以爲經典，在於它對人、對世界的描繪或探討，絕不因時代的演變而變得沒有價值。如果說，「認識你自己」是哲學對人的要求，是人之所以爲人無法迴避的課題；那麼，卡繆在《異鄉人》這部小說中所傳達的思想，以及隨之而來敦促我們進行的反思與回應，將有助我們朝「認識你自己」這個目標前進。

國家圖書館出版品預行編目資料

異鄉人／卡繆（Albert Camus）著；吳欣怡譯．──初版
──臺中市：好讀，2014.08

冊；　公分，──（典藏經典；62）
譯自：L'Étranger
ISBN 978-986-178-327-7（平裝）

876.57　　103010636

好讀出版

典藏經典 62

異鄉人

作　　者／卡繆 Albert Camus
譯　　者／吳欣怡
總 編 輯／鄧茵茵
文字編輯／簡伊婕
美術編輯／廖勁智
行銷企畫／劉恩綺
發 行 所／好讀出版有限公司
台中市 407 西屯區工業 30 路 1 號
台中市 407 西屯區大有街 13 號（編輯部）
TEL:04-23157795 FAX:04-23144188　http://howdo.morningstar.com.tw
（如對本書編輯或內容有意見，請來電或上網告訴我們）
法律顧問／陳思成律師

總經銷／知己圖書股份有限公司
106 台北市大安區辛亥路一段 30 號 9 樓
TEL：02-23672044　23672047 FAX：02-23635741
407 台中市西屯區工業 30 路 1 號 1 樓
TEL：04-23595819　FAX：04-23595493
E-mail：service@morningstar.com.tw
網路書店：http://www.morningstar.com.tw
讀者專線：04-23595819 # 230
郵政劃撥：15060393（知己圖書股份有限公司）
印刷／上好印刷股份有限公司

初　　版／西元 2014 年 8 月 15 日
初版五刷／西元 2020 年 2 月 18 日
定價／199 元
如有破損或裝訂錯誤，請寄回知己圖書台中公司更換

Published by How-Do Publishing Co., Ltd.
2020 Printed in Taiwan

ISBN 978-986-178-327-7